HEYNE <

Das Buch

In seinem gediegenen Palais auf einem Hügel in der Bucht von Marseille wartet Francis Reboul darauf, dass Sam Levitt aus Amerika ihm einen Besuch abstattet. Als der Rechtsanwalt mit dem Hang zu privaten Detektivarbeiten mit seiner Geliebten Elena zusammen eintrifft, wartet gleich unangenehme Arbeit auf ihn: Ein neureicher Russe namens Vronsky ist in der Bucht mit seiner Luxusyacht vor Anker gegangen und observiert den Palais. Immer dreister werden seine Versuche, Reboul zum Verkauf des historischen Gebäudes zu bewegen. Er schreckt auch vor Gewalt nicht zurück und schaltet sogar die korsische Mafia ein. Nur gut, dass Sam Levitt auf Korsika auch zwei ebenso skurrile wiezuverlässige Helfer hat, mit denen er einen Plan ausheckt, dem kriminellen Vronsky ein für allemal das Handwerk zu legen …

Der Autor

Peter Mayle wurde 1939 in Brighton geboren. Er war Kellner, Busfahrer und erfolgreicher Werbetexter, bevor er 1975 dauerhaft in die Provence zog und Schriftsteller wurde. Seine Bücher wie »Ein guter Jahrgang« (Blessing, 2004) wurden internationale Bestseller. Mit »Ein diebisches Vergnügen« (Blessing, 2010) begann Peter Mayle eine neue Serie um den mit detektivischen Fähigkeiten ausgestatteten Anwalt Sam Levitt und seine Freundin Elena Morales.

PETER MAYLE

Eine korsische Gaunerei

ROMAN

Aus dem Englischen
von Ursula Bischoff

WILHELM HEYNE VERLAG
MÜNCHEN

Der Verlag weist ausdrücklich darauf hin, dass im Text enthaltene externe Links vom Verlag nur bis zum Zeitpunkt der Buchveröffentlichung eingesehen werden konnten. Auf spätere Veränderungen hat der Verlag keinerlei Einfluss. Eine Haftung des Verlags ist daher ausgeschlossen.

MIX
Papier aus verantwortungsvollen Quellen
FSC® C014496
FSC www.fsc.org

Verlagsgruppe Random House FSC® N001967

Taschenbucherstausgabe 04/2017

Die Originalausgabe erschien 2014 unter dem Titel
The Corsican Caper bei Alfred A. Knopf, New York

Umschlaggestaltung: Geviert Grafik & Typografie, München,
unter Verwendung eines Motivs von
© Getty Images/Rieger Bertrand/hemis.fr
Satz: Leingärtner, Nabburg
Druck und Bindung: GGP Media GmbH, Pößneck

Printed in Germany
ISBN 978-3-453-42001-4
www.heyne.de

Dieses Buch ist auch als E-Book lieferbar.

Für Jenny, wieder einmal,
und mit den aufrichtigsten Gefühlen

1. KAPITEL

Francis Reboul saß in der Sonne und war gänzlich in die Betrachtung seines Frühstücks vertieft: einem Schnapsglas mit Olivenöl, nativ und extra vergine, von dem die Franzosen steif und fest behaupten, es sei ein Segen für menschliche Verdauungsprozesse aller Art, gefolgt von einer großen Schale *café crème* und einem Croissant von so außerordentlicher Leichtigkeit, dass es beim kleinsten Windstoß vom Teller abzuheben drohte. Von der Terrasse aus überblickte er die schimmernde, unendliche Weite des frühmorgendlichen Mittelmeers, das sich ultramarin bis zum Horizont erstreckte.

Das Leben präsentierte sich von seiner Sonnenseite. Sam Levitt und Elena Morales, seine Freunde und Weggefährten bei früheren Abenteuern, würden im Verlauf des Tages aus Kalifornien eintreffen, um einen ausgedehnten Urlaub im Süden Frankreichs zu verbringen. Sie planten, rund um Korsika zu segeln, dann Saint-Tropez anzusteuern, wo sie vor Anker gehen würden, um ein paar Tage auf Rebouls Gestüt in der Camargue auszuspannen. Natürlich wollten sie auch ihre Bekanntschaft mit den Gourmettempeln von Marseille auffrischen. Es war ein Jahr her, seit er seine Freunde das letzte Mal gesehen hatte – ein ereignisreiches Jahr –, und es gab viel zu erzählen und nachzuholen.

Reboul legte die Zeitung beiseite und kniff die Augen zusammen, um sie gegen das grelle, vom Wasser reflektierte Sonnenlicht zu schützen. Eine Reihe kleiner Segelboote nahm gemächlich Kurs auf die Frioul-Inseln, das zerklüftete, Marseille vorgelagerte Archipel aus Kalkfelsen, geformt von dem Mistralwind. Ihr bizarres Relief ließ auch aus der Ferne erahnen, dass diese Insel einst mit dem Festland verbunden gewesen war. Während er sie betrachtete, wurde seine Aufmerksamkeit von einem Schatten abgelenkt, der hinter der Landzunge auftauchte. Allmählich nahm er Konturen an und wurde größer. Erheblich größer. Es war eine Luxusyacht von ungewöhnlichen Dimensionen – an die hundert Meter lang, windschnittig und dunkelblau, mit vier Decks, Radarausrüstung, dem obligatorischen Hubschrauber, auf seinem Landeplatz im Heck festgezurrt. Diese Yacht war nicht etwa mit einem Dingi versehen, sondern hatte, wenn er es richtig sah, zwei superschnelle Riva-Beiboote im Schlepptau. Diese eleganten Sportboote – schon Onassis, Sean Connery oder Brigitte Bardot hatten sich nur mit dieser Marke über die Wellen tragen lassen – hatten Armaturen aus Mahagoni und Sitze aus bestem Leder. Mit ihren Windschutzscheiben, dem vielen Chrom und dem perfekt modellierten Gashebel erinnerten sie an amerikanische Straßenkreuzer.

Jetzt befand sich die Yacht unmittelbar vor Francis Reboul, keine dreihundert bis vierhundert Meter vom Ufer entfernt. Sie drosselte die Fahrt, kam allmählich zum Stillstand. Winzige Gestalten erschienen auf dem Oberdeck, die ihn anzustarren schienen. Im Laufe der Jahre hatte er sich an diese Form der Begutachtung durch vorbeidriftende Seefahrer mehr oder weniger gewöhnt. Sein Wohnsitz, das Palais du Pharo, im 19. Jahrhundert als Sommerresidenz für Napoleon III. erbaut, dann lange als Medizinschule genutzt, war nun einmal das größte private Anwesen in Marseille, und das imposanteste. Früher hatte diese Landzunge Tête de Mare geheißen, und Pharo bezeichnete eigentlich die kleine Bucht weiter westlich. Alles, was auf dem Wasser kreuchte und fleuchte, vom Ein-Mann-Segelboot bis zu den überfüllten lokalen Fähren, hatte irgendwann einmal vor diesem Hügel eine Rast gemacht, um *Chez Reboul* in Augenschein zu nehmen, ausgiebig, wenngleich aus der Ferne. Teleskope, Ferngläser, Kameras – inzwischen eine feste Größe in seinem Leben. Dennoch hatte er es bisher nie auch nur einen Augenblick bereut, für viel Geld diese Residenz, die lange Zeit als Tagungs- und Kongresszentrum mit Hotel genutzt worden war, erworben zu haben. Schulterzuckend verschanzte er sich hinter seiner Zeitung.

An Bord der Luxusyacht wandte sich der Eigner, Oleg Vronsky – Oli für seine Freunde und sein weitläufiges Gefolge, bei der internationalen Wirtschaftspresse auch als der ›Barracuda‹ bekannt –, einer jungen Schönheit namens Natascha zu, die er für die Dauer der Seereise zu seinem persönlichen Ersten Offizier ernannt hatte. Sie hatte ansehnliche Rundungen, eine honigfarbene Haut und ein Gesicht, das durch die immer leicht geschürzten Lippen sinnlich wirkte. »Damit kommen wir der Sache schon näher«, sagte er. »Sogar um einiges näher.« Er lächelte, sodass die tiefe, dunkelviolette Narbe auf seiner Wange Runzeln bildete. Von dieser Narbe einmal abgesehen, hätte er als gut aussehender Mann gelten können. Obwohl ein wenig kurz geraten, war er schlank, mit vollen grauen Haaren, die *en brosse,* zum Bürstenhaarschnitt, getrimmt waren, und Augen in einem eisigen Blau, wie man sie oft bei den Bewohnern des frostigen Nordens findet.

Er hatte die letzte Woche damit verbracht, vor dem Küstenabschnitt herumzukreuzen, den man als Riviera bezeichnete, und kurze Zwischenstopps einzulegen, um sich Immobilien in Cap Ferrat, Cap d'Antibes und Saint-Tropez anzuschauen. Sie hatten ihn ausnahmslos enttäuscht. Er war bereit, tief in die Tasche zu greifen, fünfzig Millionen Euro oder mehr auf den Tisch zu blättern, aber er hatte nichts gesehen, was den Wunsch in ihm weckte, seine Brieftasche zu zücken. Zugegeben, es waren ein paar ganz nette Häuser darunter, aber sie standen viel zu eng beisammen. An der Riviera herrschte inzwischen ein schreckliches Gedränge, und genau das war das Problem, denn Vronsky legte großen Wert auf Freiraum und ein Höchstmaß an Privatsphäre – ohne russische Nachbarn weit und breit. Heutzutage wimmelte es auf Cap Ferrat von seinen Landsleuten, sodass die Einheimischen mit Geschäftssinn ein paar Brocken Russisch und den Wodka zu lieben begannen.

Vronsky zog sein Smartphone aus der Tasche und betätigte die Ruftaste, die ihn mit Katja, seiner persönlichen Assistentin, verband. Katja hatte schon vor Erreichen der ersten Milliarde in seinen Diensten gestanden, als er noch in den niederen Millionengefilden weilte, und sie gehörte zu den wenigen handverlesenen Personen, die sein absolutes Vertrauen besaßen.

»Sagen Sie Johnny, er soll auf das Oberdeck kommen, ja? Und richten Sie ihm aus, dass er alles für einen schnellen

Abstecher bereit machen soll. Ach ja, liegt schon eine Rückmeldung aus London vor?« Vronsky liebäugelte mit dem Gedanken, ein englisches Footballteam zu kaufen, und stand mit einem arabischen Konsortium in Verhandlung; sie waren nicht gerade die einfachsten Geschäftspartner, und seine Geduld neigte sich langsam dem Ende zu. Vielleicht sollte er das Fußballmäzenatentum doch seinen Landsleuten überlassen, Dmitri Rybolowlew in Monaco, Abramowitsch in London und Kerimow in Machatchkala. In aller Demut hatte ihm das auch schon Katja suggeriert.

Er nahm die Inspektion des Palais du Pharo wieder auf, schob die Sonnenbrille hoch über die Stirn und stellte die Bildschärfe seines Feldstechers ein. Die klassizistische Fassade des dreistöckigen Gebäudes gefiel ihm. Die Kulisse war zweifellos malerisch und, soweit zu erkennen, befand sich das Haus inmitten eines weitläufigen Geländes, mit Sicherheit ausreichend für einen unauffälligen kleinen Hubschrauberlandeplatz. Vronsky verspürte den ersten Anflug eines Kaufinteresses, das sich rasch zu einer ausgeprägten Kauflust entwickeln könnte.

»Wohin, Boss?« Johnny aus Jamaika grinste von einem Ohr zum anderen und verschaffte Vronsky damit den Genuss, einen Blick auf sein schneeweißes Gebiss zu erhaschen, das sein kohlrabenschwarzes Gesicht unterteilte. Während seiner Zeit als Söldner in Libyen hatte er gelernt, Hubschrauber zu fliegen, eine nützliche Ergänzung zu seinen anderen Talenten, die er im Umgang mit Waffen und den Feinheiten des unbewaffneten Kampfes bewiesen hatte. Einen besseren Leibwächter mit größerem Abschreckungseffekt konnte man sich kaum wünschen.

»Ein kurzer Abstecher, Johnny. Ein kleiner Erkundungsflug. Du brauchst eine Kamera und jemanden, der sie zu benutzen versteht.« Vronsky nahm den Mann aus Jamaika am Arm und führte ihn zu einem entlegenen Winkel des Decks.

Reboul tunkte den letzten Bissen des Croissants in seinen Kaffee und hob den Blick von der Zeitung. Die blaue Yacht dümpelte immer noch an der gleichen Stelle. Er konnte zwei Gestalten am Heck erkennen, die sich an der Landevorrichtung des Hubschraubers zu schaffen machten, bevor sie einstiegen und die Rotorblätter sich zu drehen begannen. Einen Moment lang fragte er sich müßig, wohin der Flug wohl gehen mochte, dann kehrte er zu den Tagesnachrichten zurück, die Eingang in *La Provence* gefunden hatten. Was mochte die Angehörigen der schreibenden Zunft veranlassen, den Fußballspielern und ihren Eskapaden noch lange nach Ende der Saison so viel Raum zu widmen? Der Geschmack der Menschen wurde offenbar immer stromlinienförmiger. Seufzend legte er die Zeitung beiseite und griff nach der *Financial Times.* Geschäftszahlen, Umsatzentwicklungen und Marktverschiebungen faszinierten ihn nun einmal seit jeher, sich in dieser Hinsicht auf dem Laufenden zu halten, kostete ihn keinerlei Anstrengung.

Das Getöse, das unverhofft die Stille durchbrach, war ohrenbetäubend. Der Helikopter näherte sich im Tiefflug, hielt direkt auf ihn zu. Dann drosselte er das Tempo und schwebte über der Terrasse, bevor er das Palais und die dazugehörigen Gartenanlagen mehrmals umflog. Als er sich schräg legte, um eine Kurve zu fliegen, erspähte Reboul das lange Objektiv einer Kamera, das aus dem Seitenfenster ragte. Das ging entschieden zu weit. Reboul holte sein Handy hervor und tippte die Telefonnummer des Polizeichefs von Marseille ein, der zu seinen Freunden zählte.

»Hervé? Francis hier. Tut mir leid, dass ich dich störe …«

»Du störst nie, mein Guter.«

»Das ist schön zu hören. Ich beschwere mich nur ungern, du weißt, ich bin mir meiner Privilegien, meines unverschämten Glücks in allen Geschäftsdingen wirklich bewusst, aber mir rückt gerade ein Irrer in einem Helikopter zu Leibe. Er fliegt extrem tief und macht Aufnahmen. Besteht die Möglichkeit, einen Mirage-Abfangjäger aufzutreiben, der ihm die Flausen austreibt?«

»So gut sind meine Verbindungen zur Luftwaffe nun auch wieder nicht.« Hervé lachte kurz auf. »Muss es denn unbedingt Überschall sein? Wie wäre es mit einem Polizeihubschrauber an diesem gewöhnlichen Werktag? Der wäre sofort einsatzbereit.«

Der Eindringling drehte erneut eine Runde über der Terrasse, nicht ganz so tief wie die letzte, bevor er den Rückweg zur Yacht antrat. Täuschte Reboul sich, oder hatte der Mann im Cockpit, ein Schwarzer, wie er erkannte, tatsächlich höhnisch zu ihm herabgewunken?

»Vielen Dank für das Angebot, aber die Mühe können wir uns sparen«, erwiderte Reboul. »Jetzt hat er sich endlich verzogen.«

»Konntest du einen Blick auf das Luftfahrzeugkennzeichen werfen?«

»Keine Chance – ich war damit beschäftigt, in Deckung zu gehen. Aber der Helikopter gehört zu einer Yacht, die sich momentan genau gegenüber der Pointe du Pharo befindet, vielleicht mit Kurs auf den Alten Hafen. Ein riesiger dunkelblauer Luxusliner von der Größe eines *paquebot,* eines Ozeandampfers.

»Der wird nicht schwer zu finden sein. Ich kümmere mich darum und melde mich wieder bei dir.«

»Danke, Hervé. Das nächste gemeinsame Mittagessen geht auf meine Rechnung.«

Vronsky beugte sich über Katja, die gerade die Kamera an ihren Computer anschloss und die ersten Aufnahmen hochlud. Wie bei vielen reichen und mächtigen Männern war sein Wissen um die Möglichkeiten der modernen Technologie äußerst lückenhaft. Sich mit den lästigen Details der stetigen Neuerungen zu befassen, überließ er gern seinem Personal. »Bitte sehr«, sagte Katja. »Für den Bildwechsel müssen Sie nur auf diese Taste drücken.«

Vronsky blickte schweigend auf den Bildschirm, die Schultern vor lauter Konzentration hochgezogen. Während ein Foto dem anderen folgte – von der perfekt proportionierten Architektur, den makellos gepflegten Gartenanlagen und der riesigen freien Fläche bis zum ersten Nachbarn –, begann er zu nicken. Schließlich lehnte er sich zurück und bedachte Katja mit einem Lächeln.

»Das will ich haben. Stellen Sie fest, wem das Haus gehört.«

2. KAPITEL

Francis Reboul würde nie im Leben verkaufen. Jeder zwischen Marseille und Menton wusste schließlich, wie sehr er an seinem Anwesen hing. Und er brauchte das Geld nicht. »*Désolé.*« Der Mann, der sich untröstlich gab, zuckte die Achseln und zündete sich mit einem goldenen Feuerzeug eine Zigarette an.

Er stand mit Vronsky auf dem Oberdeck der *Caspian Queen,* die heute den Filmfestspielen in Cannes einen Besuch abstattete. Die Yacht lag in Küstennähe vor Anker, war so positioniert, dass die Crew den Lichterglanz der Croisette, der Flaniermeile der Stadt, aus der Ferne genießen konnte. Der russische Oligarch, alles andere als ein Cineast, hatte es vorgezogen, seine Ankunft in Cannes mit einem Fest an Bord zu begehen, das von seiner PR-Firma organisiert worden war, und keiner der illustren Gäste, die man ins Auge gefasst hatte, war so dreist gewesen, die Einladung auszuschlagen. Es handelte sich dabei um das Rudel der üblichen Verdächtigen, die man bei Filmfestivals antrifft: Frauen, die man in misogyner Laune als unternährt und zu aufdringlich gebräunt empfinden konnte, beleibte Männer mit einer Blässe, die zu vielen Stunden in abgedunkelten Vorführräumen geschuldet war, Starlets und Möchte-gern-Filmsternchen,

Journalisten, die ihr Geschmacksurteil über den jeweiligen Film für eminent wichtig und folgenreich hielten, sowie ein oder zwei Sponsoren der Festspiele, die der Veranstaltung einen Hauch Lokalkolorit auf formaler Ebene verleihen sollten. Und nicht zu vergessen der Herr im weißen Seidensmoking, der gerade mit Vronsky ein Gespräch unter vier Augen führte.

Er war, wie man dem Gast aus Russland versichert hatte, der erfolgreichste und am besten vernetzte Immobilienmakler der ganzen Küste. Seine Karriere hatte er unter dem Namen Vincent Schwarz begonnen. Aus beruflichen Gründen hatte er ihn in ›Vicomte de Pertuis‹ abgewandelt – ein Ritterschlag, von dem man nicht wusste, ob er auf reiner Erfindungsgabe beruhte oder doch etwas mit der Herkunft zu tun hatte. Während seiner zwanzigjährigen Laufbahn als selbsternannter Aristokrat war es ihm gelungen, das hochpreisige Ende des Immobilienmarktes an der Küste so unerbittlich in den Griff zu bekommen, dass seinen Konkurrenten die Luft auszugehen drohte. Allerdings stellte Oleg Vronsky selbst für ihn eine gewisse Herausforderung dar. der Oligarch erwies sich als äußerst anspruchsvoller Kunde, der die Nase über alle erstklassigen Immobilien zwischen Monaco und Saint-Tropez rümpfte. Doch der Vicomte, angespornt durch die Aussicht auf die Maklercourtage von fünf Prozent, setzte die Suche unbeirrt fort. Und nun hatte sein Kunde auf eigene Faust ein Haus, nein, einen Palast gefunden, den er zu kaufen beabsichtigte, ohne professionelle Hilfe – ein frustrierender Gedanke, den er jedoch sorgfältig zu kaschieren wusste.

Umstände wie diese erforderten eine beträchtliche Finesse aufseiten des Vicomte. Er konnte schwerlich fünf Prozent des Kaufpreises für die bloße Überwachung einer geschäftlichen Transaktion in Rechnung stellen. Es galt also, für unvorhergesehene Schwierigkeiten und Verzögerungen zu sorgen – Hindernisse, die nur jemand zu überwinden vermochte, der über große Erfahrung und noch größeres Verhandlungsgeschick verfügte. Dieses Prinzip hatte sich in der Vergangenheit schon mehrfach ausgezahlt und ihn bewogen, unverzüglich mit einer negativen Reaktion aufzuwarten, als sich Vronsky bei ihm nach Le Pharo erkundigte.

»Woher wollen Sie wissen, dass er kein Geld braucht?«, entgegnete Vronsky. Nach seiner Erfahrung gab es keine Menschenseele auf Erden, die nicht käuflich war, vorausgesetzt, der Preis stimmte.

»Ah«, erwiderte der Vicomte und senkte seine Stimme, sodass sie kaum mehr als ein Flüstern war. »In meiner Branche braucht man vor allem präzise Informationen, je privater und persönlicher, desto besser.« Er legte eine Pause ein, als würde er seinen eigenen Ausführungen zustimmen. »Ich habe Jahre, viele Jahre damit verbracht, meine Kontakte aufzubauen und zu pflegen. Fakt ist, dass die meisten Immobilien, die ich vermittle, so exklusiv sind, dass sie den offenen Markt nie erreichen. Ein Wort oder zwei an der richtigen Stelle, *et voilà.* Transaktionen finden stets unter Wahrung der höchstmöglichen Diskretion statt. Darauf legen meine Kunden großen Wert.«

»Und Sie sind sicher, dass der Eigentümer niemals verkaufen würde?«

Erneutes Achselzucken. »Das ist meine persönliche Einschätzung, in Ermangelung detaillierter Informationen.«

»Und wie kommen wir an die heran?«

Das war genau die Frage, die sich der Vicomte erhofft hatte. »Natürlich müssten Nachforschungen jedweder Art mit Fingerspitzengefühl durchgeführt werden, idealerweise von jemandem mit viel Erfahrung in so heiklen Angelegenheiten. Die Besitzer hochherrschaftlicher Anwesen reagieren nie freimütig, sondern eher verschlossen, bisweilen sogar geradezu unaufrichtig, wenn es gilt, Auskünfte zu erteilen. Um einen Blick hinter die Fassade zu werfen und die Wahrheit zu ergründen, bedarf es eines scharfsinnigen Menschen, der über Adleraugen und Spürnase verfügt.«

Das war genau die Antwort, die Vronsky erwartet hatte. »Jemand wie Sie vielleicht?«

Der Vicomte gab sich bescheiden. »Es wäre mir eine Ehre.«

Und so kamen sie überein, dass sich der Vicomte als Vronskys Spürhund betätigen und Informationen über Le Pharo und seinen Besitzer sammeln sollte. Im Anschluss würden sie gemeinsam einen Aktionsplan ausarbeiten. Nachdem sie in diesem Sinne handelseinig geworden waren, kehrten sie zur Party auf dem Hauptdeck zurück, wo der russische Unternehmer in die Rolle des geselligen Gastgebers schlüpfte und der Vicomte seine Bemühungen fortsetzte, einem angeheiterten Filmproduzenten aus Hollywood den Kauf eines bezaubernden kleinen Penthauses in Cannes schmackhaft zu machen.

Rund hundertsechzig Kilometer östlich an der Küste fand in wesentlich kleinerem Rahmen eine Feier statt, die Francis Reboul organisiert hatte. Damit wollte er Sam und Elena willkommen heißen, die gerade aus Paris eingetroffen waren, wo sie die ersten Urlaubstage verbracht hatten. Le Pharo sollte ihnen als Basislager für die nächsten drei Wochen dienen, und Reboul hatte einige handverlesene Gäste eingeladen, mit denen die beiden im Zuge eines früheren gemeinsamen Abenteuers Freundschaft geschlossen hatten: den Journalisten Philippe Davin und seine Freundin Mimi mit ihren feuerroten Haaren, die Ehrfurcht gebietende Daphne Perkins ohne die Krankenschwesternkluft, mit der sie bei der Vereitelung einer Entführung durchschlagenden Erfolg gehabt hatte; und die Gebrüder Figatelli, Flo und Jo, die eigens für diesen Abend aus Korsika angereist waren, wo sie aufgewachsen und so hervorragend vernetzt waren.

Kaum war dem Ritual der Umarmungen und Küsse zur Auffrischung der freundschaftlichen Bande Genüge getan, brachen sich auch schon die Erinnerungen ihre Bahn. Daphne, den Champagnerkelch in der Hand und den kleinen Finger elegant abgespreizt, hörte Jo aufmerksam zu, der bei der Schilderung der neuesten Entwicklungen in der korsischen Unterwelt in Fahrt geriet. Eine kurze Atempause in der Unterhaltung nutze Daphne sofort aus, um die Frage einzuwerfen: »Was ist eigentlich aus diesem *grauenvollen* Menschen geworden?«

Obwohl es selbst aus Sicht des größten Philanthropen in und um Marseille gewiss mehr als nur einen grauenvollen Menschen gab, wussten alle Anwesenden sofort, wer gemeint war: Lord Wapping, kein Belgier, nein, ein Brite, ein skrupelloser Tycoon, der vor keiner Schandtat zurückscheute und es beinahe geschafft hätte, Reboul in einer geschäftlichen Transaktion auszustechen, indem er Elena entführen ließ. »Ich bin sicher, Sie haben den Fall weiterverfolgt«, sagte Daphne, an Philippe gewandt. »Befindet er sich denn bereits hinter Gittern? Ist es zu viel verlangt, auf eine lebenslange Freiheitsstrafe zu hoffen?«

»Das wäre ein wenig verfrüht. Im Moment bedient er sich noch eines Schachzugs, den wir als Serbische-Kriegsverbrecher-Strategie bezeichnen – eine plötzliche und völlig unerwartete lebensbedrohliche Krankheit, die ihn vor einem Kreuzverhör bewahrt. Er hat sich noch immer in einer Klinik in Marseille verschanzt und bemüht sich nach besten Kräften, mehr tot als lebendig auszusehen. Man munkelt, dass er einen der Ärzte bestochen hat. Aber am Ende kriegen sie ihn dran, keine Frage.«

Elena schauderte, als sie sich die Ereignisse ins Gedächtnis zurückrief, und Sam legte fürsorglich den Arm um sie. »Immer mit der Ruhe, Schatz. Den Kerl sehen wir nie wieder! Er ist doch hier in Marseille einfach nicht mehr gesellschaftsfähig – und schon gar nicht geschäftsfähig.« Zustimmendes Gemurmel erhob sich von allen Seiten.

Die Stimmung wurde von Mimi aufgeheitert, die auf den ziemlich einfältig grinsenden Philippe deutete. »Schau mal, er hat eine ehrbare Frau aus mir gemacht«, sagte sie zu Elena. Kichernd streckte sie ihr den Mittelfinger der linken Hand entgegen, um ihr den Verlobungsring zu zeigen. Das war das Signal für Glückwünsche und begeisterte Umarmungen. Reboul brachte einen Trinkspruch aus. Sam brachte einen Trinkspruch aus. Die Gebrüder Figatelli brachten jeweils einen etwas derberen Trinkspruch aus. Der Champagner floss in Strömen, und ehe sie sich versahen, wurde das Dinner angekündigt.

Als alle am Tisch Platz genommen hatten, klopfte Reboul mit einem Löffel leicht gegen sein Weinglas, und der

Glockenklang ließ sofort alle verstummen. »Willkommen, meine Freunde, willkommen in Marseille. Es ist mir wahrhaft eine Freude, Sie alle wiederzusehen, dieses Mal in einer entspannteren Atmosphäre.« Er ließ seinen Blick über die Tafelrunde schweifen und nickte den lächelnden Gesichtern zu, bevor seine Miene ernst wurde. »Und nun zur Sache. Das Abendessen ist ein frugales Mahl, aber es stehen selbstverständlich Alternativen für jeden zur Verfügung, der allergisch ist gegen *Foie gras,* butterzartes Sisteron-Lamm mit Rosmarin, eine Auswahl frischer Ziegenkäse und *Tarte Tatin.* Ansonsten, *bon appétit!*« Wer Reboul so sah – ein Mann in den reifen Jahren, kräftig, gebräunt, mit leichtem Bauchansatz und Krähenfüßen, doch das schwarze Haar noch dicht und beinahe ungebändigt –, der konnte sich nicht des Eindrucks erwehren, dass ein Hauch von Verachtung in seiner Stimme mitschwang gegenüber all jenen von den modernen Zivilisationskrankheiten und Überempfindlichkeitsreaktionen heimgesuchten Menschen, die nur noch mit Allergie- und Kalorientabellen in der Hand Essen zu sich zu nehmen pflegten.

Und damit erschien, wie aufs Stichwort, Rebouls Haushälterin Claudine mit dem Hausmädchen Nanou aus Martinique auf der Bildfläche, um den ersten Gang aufzutragen.

Das Essen war viel zu gut, um Eile an den Tag zu legen, genau wie die Weine, die Gespräche und am Ende die herzliche Verabschiedung. Als Elena und Sam schließlich die Treppen in den obersten Stock hinaufgingen und ihre Gästesuite betraten, war es fast zwei Uhr morgens.

Während sich Elena im Ankleideraum zu schaffen machte, schlenderte Sam zu dem deckenhohen Fenster hinüber, das einen herrlichen Ausblick auf die sich im Wasser des Alten Hafens spiegelnden Lichter bot. Er fragte sich nicht zum ersten Mal, was Erwachsene mit gesundem Menschenverstand bewog, sich in winzige Nussschalen zu quetschen und sowohl die Unbequemlichkeiten als auch die gelegentlichen Gefahren auf sich zu nehmen, die ihnen auf dem wogenden, unberechenbaren Meer drohten. Abenteuerlust? Das Bedürfnis, den Kümmernissen der Welt zu entfliehen? Oder nur eine verfeinerte Spielart masochistischer Neigungen?

Seine Überlegungen wurden unterbrochen, als Elena wieder auftauchte, die Arme beladen mit teuren Einkaufstüten, denen man ansah, dass sie einen noch teureren Inhalt verbargen.

»Ich möchte dir nur schnell zeigen, was ich in Paris erstanden habe, während du dir bei deinem Hemdenverkäufer im Charvet etwas Gutes gegönnt hast«, sagte sie. Und dann breitete sie sorgfältig eine Auswahl von Dessous auf dem Bett aus, die ausgereicht hätten, um eine kleine Boutique zu bestücken: Seide natürlich, einige in Schwarz, andere in blassem Lavendelton gehalten und alle so hauchzart, dass zu befürchten stand, selbst die leichteste Brise würde sie vom Bett wehen. »In der Rue des Saints-Pères gibt es einen wundervollen kleinen Laden, das Sabbia Rosa. Mimi sagt, das sei ein Damenausstatter.« Sie trat einen Schritt zurück und lächelte Sam an, den Kopf kokett zur Seite geneigt. »Und, wie findest du meine Neuerwerbungen?«

Sam ließ die Finger über die feine Seide eines derart substanzlosen Etwas gleiten, dass er einen Augenblick lang dachte, es handle sich um ein winziges Taschentuch. Er schüttelte den Kopf. »Ich weiß nicht recht. Ich glaube, ich muss sie angezogen sehen, um mich zu vergewissern, dass sie wirklich passen.«

»Verstehe«, erwiderte Elena, als sie ihre Beute einsammelte und in den Ankleideraum zurückkehrte. Sie blickte über die Schulter und zwinkerte ihm zu. »Rühr dich nicht vom Fleck.«

»Ist das ein Dienstbefehl?«

Elena blickte ihn todernst an: »Mehr noch: ein Stellungsbefehl.«

3. KAPITEL

Der Brief sei am Morgen eigenhändig überbracht worden, erklärte Claudine, von einem gut gekleideten Herrn, der in einem Mercedes der G-Klasse vorgefahren war. Seinen Namen habe er nicht genannt.

Reboul öffnete den Umschlag, der schokoladenbraun gefüttert war, und entnahm ihm ein einzelnes schweres, lohfarbenes Blatt Büttenpapier. Statt einer Adresse als Einleitung verriet ein ebenso schlicht wie erhaben geprägter Briefkopf, dass es sich bei dem Absender um den Vicomte de Pertuis handelte. Seine Mitteilung war kurz und sachlich:

Ich wäre Ihnen höchst dankbar, wenn Sie mir einige Minuten Ihrer kostbaren Zeit widmen würden, um eine Angelegenheit zu erörtern, die auf beidseitigem Interesse und Gewinn beruht. Was Zeit und Ort der Besprechung angeht, so stehe ich ganz zu Ihrer Verfügung. Bitte rufen Sie mich unter der folgenden Nummer an, um eine Zusammenkunft zu vereinbaren.

Es folgte eine Unterschrift, die aus einem einzigen Wort bestand: *Pertuis.*

Im Laufe der Jahre hatte Reboul, wie so viele wohlhabende Männer, unzählige Zuschriften von Leuten erhalten, die sich erboten, seinen Reichtum mithilfe des einen oder anderen zwielichtigen Mittels zu mehren. Einige Vorschläge waren erheiternd, andere erstaunlich gewesen – dem Einfallsreichtum schienen keine Grenzen gesetzt, wenn es um Möglichkeiten ging, sein Kapital gewinnbringend anzulegen. Dieses Mal war sein Interesse jedoch größer als üblich, wie er feststellte. Vielleicht trug der Adelstitel dazu bei, obwohl ein Adelstitel heutzutage keine Garantie mehr für geschliffene Manieren und gediegenes Auftreten bot. Dennoch, man konnte ja nie wissen. Dieses Angebot war vielleicht ein paar Minuten seiner Zeit wert. Er griff zum Telefon und wählte die Nummer.

»Pertuis.«

»Reboul.«

Die herrische Stimme veränderte sich schlagartig, nahm einen salbungsvollen Klang an: »Monsieur Reboul, wie reizend von Ihnen, dass Sie anrufen! Ich freue mich sehr, von Ihnen zu hören!«

»Offensichtlich. Ich habe Ihre Nachricht erhalten. Ich könnte heute Nachmittag so gegen fünfzehn Uhr Zeit für Sie erübrigen, sofern es Ihnen passt. Sie wissen ja, wo ich wohne.«

»Natürlich, natürlich. Wir sehen uns dann um drei. Ich freue mich ungeheuer darauf, Sie kennenzulernen.«

Elena und Sam verbrachten den Morgen wie alle Touristen mit Besichtigungen. In Marseille hatten zahlreiche Veränderungen stattgefunden, die dazu beitrugen, dass die Stadt 2013 als Kulturhauptstadt Europas zu glänzen vermochte. Und Elena, eine eifrige Sammlerin von Reisetipps, hatte alles über die Verschönerungsmaßnahmen gelesen, vom tiefgreifenden Wandel der einst heruntergekommenen Docks *(Le Grand Lifting)* bis hin zu Pagnols *Château de ma mère*, das zu einem mediterranen Filmzentrum geworden war. Darüber hinaus waren neue Museen und Galerien, neu angelegte Gärten sowohl im Freien als auch im Trockenen, und eine glamouröse gläserne *ombrière* entstanden, um den Besuchern des Fischmarkts ein wenig Schutz vor den Elementen zu bieten, wenn auch nicht vor dem rauen Umgangston, der hier herrschte. Unter dem Strich bot die Metropole genügend Neuerscheinungen, um selbst Touristen, die erpicht darauf waren, die Sehenswürdigkeiten möglichst schnell abzuklappern, mindestens einen Monat lang auf Trab zu halten.

Sam tat sein Bestes, um bei Elenas Besichtigungsmarathon mitzuhalten, was sich jedoch als Schwerstarbeit erwies. Mit zunehmendem Verlangen beäugte er die Restaurants und Cafés, an denen sie vorübereilten, bis er nicht länger schweigen konnte. »Mittagessen«, gab er mit eiserner Entschlossenheit zu bedenken. »Wir brauchen eine Stärkung.«

Er winkte ein Taxi herbei, verstaute Elena im Wageninnern und wies den Fahrer an, sie nach Vallon des Auffes zu bringen, nur einen Katzensprung von der Corniche entfernt. Elena steckte die Reisenotizen in ihre Handtasche und stieß einen langen bühnenreifen Seufzer aus. »Die Kultur gibt sich geschlagen, die Völlerei siegt, und das ausgerechnet jetzt, wo ich so viel Spaß habe. Wohin fahren wir?«

»In einen kleinen Fischerhafen mit zwei fantastischen Gourmettempeln, *Chez Fonfon* und *Chez Jeannot*. Philippe hat mir davon erzählt: Jeannot hat die besten *Moules farcies,* Fonfon die beste *Bouillabaisse.*«

Elena musterte ihr blassblaues T-Shirt und den weißen Leinenrock. »Für eine Fischsuppe bin ich nicht richtig angezogen. Wie wär's mit den Muscheln?«

Vallon des Auffes liegt gar nicht so weit entfernt vom Alten Hafen und ist ein kleiner Fischerhafen im siebten Arrondissement von Marseille, in dem nur die kleinsten, bescheidensten Boote vor Anker gehen können. Einfache Häuschen aus rotem Ziegelstein drängen sich dicht an dicht vor einer steil aufragenden Felslandschaft. Der beste Ort, um die ungemein malerische Aussicht, wenngleich im Miniaturformat zu genießen, ist unbestritten die Terrasse des Chez Jeannot, auf der Elena nun mit einem kleinen zufriedenen Seufzer Platz nahm. »Wie hübsch!«, befand sie. »Vielleicht hast du doch die richtige Entscheidung getroffen.«

»Tut mir leid. Wird nicht wieder vorkommen.« Bevor Elena eine Chance hatte, die Augen zu verdrehen – ihre Standardreaktion auf Sams Versuche, sarkastisch zu sein –, hatte er sich in die Weinkarte vertieft. »Mal sehen: Wie wäre es mit einem spritzigen kleinen Rosé? Oder wäre ein frischer und wunderbar ausgewogener Weißer mit einem Hauch Unverfrorenheit aus den Weingärten von Cassis genehm?«

Im Lauf der Jahre hatte sich Elena an Sams *Bon-viveur*-Anwandlungen gewöhnt, die kurioserweise immer dann eintraten, sobald er seinen Fuß auf französischen Boden setzte. Sie waren inzwischen zum unverzichtbaren Bestandteil der Reiseerfahrung geworden. Daheim in Kalifornien sprach er nur selten gutem Wein zu und gefiel sich oft in hemdsärmeligem Bierkonsum und sportiven Posen. Es war, als würde das gleißende Licht des Mittelmeers unfehlbar eine andere, kultiviertere Person aus ihm hervorzaubern. Für Elena, die einerseits einen Hang zu romantischer Treue, andrerseits ein pulsierendes Bedürfnis nach Abwechslung in sich spürte, war es geradezu ideal, einen so wandlungsfähigen Liebhaber zu haben. »Denkst du, dass es Pommes zu den Muscheln gibt?«

»Pommes frites, mein Schatz, *Pommes frites«,* belehrte Sam sie.

»Sam, du klingst wie ein Wörterbuch. Hör auf zu nerven!«

»Nerven? Ich habe Durst, ich habe Hunger, und mir tun die Füße weh, aber abgesehen davon bin ich ein Ausbund an Charme und Humor. Also, was darf's denn sein? Rosa oder weiß?

Als der Rosé kam, hob Sam sein Glas und prostete Elena zu. »Auf unseren Urlaub! Was ist das für ein Gefühl, wieder hier zu sein?«

Elena kostete den Wein und behielt ihn einen Moment im Mund, bevor sie ihn schluckte. »Gut. Nein – besser als gut. Es ist einfach wunderbar. Ich habe die Provence vermisst. Ich weiß, dass du diese Landschaft genauso gerne magst.« Sie nahm ihre Sonnenbrille ab und beugte sich vor; ihre Miene war mit einem Mal nachdenklich. »Sag mal, was würdest du davon halten, hier ein Feriendomizil zu erwerben? Nur für den Sommer. Ein nettes kleines Häuschen, in dem man die Espadrilles aufbewahren kann.«

Sam runzelte die Stirn. »Würdest du nicht den Sommer in L. A. sehr vermissen, die schönste Jahreszeit, um den Smog zu genießen?«

»Bestimmt, aber wenn du mir beistehst, werde ich den Entzug überleben.« Sie räusperte sich kurz. »Sam, ich meine es ernst.«

»Gut, dann wäre ja alles klar.« Er lächelte angesichts Elenas verblüffter Miene und hob sein Glas. »Du rennst offene Türen ein. Ich wollte dir nämlich gerade den gleichen Vorschlag machen. Ich könnte lernen, *Boule* zu spielen. Und du könntest kochen lernen.«

Bevor Elena den Seitenhieb mit einer niederschmetternden Erwiderung parieren konnte, kamen die *Moules frites,* Muscheln mit Kräutern, Knoblauch und, wie der Kellner versicherte, mit viel Liebe zubereitet; die *Frites* waren zwei Mal in schwimmendem Fett ausgebacken, damit sie außen knusprig und innen butterweich waren. Das Essen ging mit einer leidenschaftlichen, wenngleich ergebnislosen Diskussion über Liegenschaften in der Provence einher: über die Vor- und Nachteile der pittoresken Küstenregion gegenüber dem Landesinneren oder die Vorteile eines Bauernhauses im Luberon gegenüber einer Eigentumswohnung in Marseille. Beim Kaffee kam man überein, mehrere Immobilienmakler einzuschalten, die ihnen helfen sollten, nach einem geeigneten Objekt Ausschau zu halten. Als die Rechnung kam, bestand Elena darauf, zu zahlen. Sie beabsichtigte, diesen Beleg einzurahmen, zur Erinnerung an den Tag, an dem sie einvernehmlich eine wichtige Entscheidung trafen.

Als sie in den frühen Abendstunden ins Le Pharo zurückkehrten, schäumte Reboul immer noch vor Wut. Er habe unangenehmen Besuch gehabt, berichtete er, und zwar von einem besseren Gebrauchtwagenhändler, der sich als Vicomte ausgegeben und ihm eröffnet habe, einen steinreichen Käufer für Le Pharo gefunden zu haben, einen Oligarchen mit abgrundtiefen Taschen, der nicht wisse, wohin mit seinem Geld. Reboul habe erklärt, sein Anwesen sei nicht zu verkaufen. Auch nicht für fünfzig Millionen Euro? Haben Sie mich nicht verstanden, es ist unverkäuflich, hatte Reboul erwidert. Aha, aber bekanntlich hat alles seinen Preis, hatte der Vicomte entgegnet. Es sei durchaus möglich, dass er seinen Kunden überzeugen könne, noch tiefer in die Tasche zu greifen.

»Daraufhin habe ich ihn vor die Tür gesetzt«, fügte Reboul hinzu. »Alles hat seinen Preis? *Quel culot!* Ganz schön dreist, dieser Kerl!«

»Fragen Sie ihn, falls er sich noch mal blicken lässt, ob er eine Partie Bridge mit Ihnen spielt, wenn er ablehnt, ist er ein Hochstapler«, meinte Elena.

»Ich glaube, das spielen nur die Damen von Adel«, erwiderte Reboul, »aber ich könnte mal einem Freund, der Mitglied in der *Association d'entraide de la noblesse* in Paris ist, vorsichtig fragen, ob dieser Pertuis sich überhaupt zu Recht Vizegraf nennt. Nicht dass er sich wie diese Aufschneider aus dem Haus La d'Auvergne-Lauraguais nur auf eine einfach so behauptete uneheliche Abstammung von alten königlichen Adelslinien berufen kann.«

»Nun, ich denke, diesen Immobilienmakler können wir in jedem Fall von unserer Liste streichen«, sagte Sam.

Reboul hielt inne, den Flaschenöffner in der Hand. »Was meinen Sie damit?«

»Wir haben beim Mittagessen eine Entscheidung getroffen. Wir würden gerne versuchen, hier irgendwo ein kleines Feriendomizil zu kaufen.

Rebouls Miene hellte sich auf. »Tatsächlich? Das ist ja wunderbar! Darauf müssen wir anstoßen.« Er brachte den Korkenzieher an einer Flasche Chassagne-Montrachet zum Einsatz, einem weißen Burgunder, dessen komplexer Geschmack nicht zu Unrecht schon oft als majestätisch gerühmt worden war. »Le Montrachet ist einer der bekanntesten Weinberge der Welt, meine Lieben, von einer niedrigen Mauer umgeben und mit Eisentoren versehen, also ein richtiger *clos*. Schließlich ist euer Entschluss, hier in der Gegend ein Haus zu erwerben, die beste Neuigkeit, die ich seit Wochen gehört habe. Wisst ihr schon ungefähr, wo ihr euch ansiedeln wollt? Wie kann ich euch behilflich sein?«

Der Vicomte war, das muss zu seiner Ehrenrettung gesagt sein, ein äußerst widerstandsfähiger Zeitgenosse. Er hatte sich schon viele Male zuvor mit ähnlichen Protestaktionen konfrontiert gesehen, von denen die meisten sich als prätentiöses Gehabe erwiesen hatten, sobald man dem vermeintlich standfesten und unbeirrbaren Hausbesitzer einen Scheck präsentierte, dessen Summe hoch genug war. Als er auf die *Caspian Queen* zurückkehrte, um Vronsky Bericht zu erstatten, gelang es Pertuis daher problemlos, eine Miene aufzusetzen, die verhaltenen Optimismus widerzuspiegeln schien.

»Natürlich gab er vor, nicht an einem Verkauf interessiert zu sein. Das sagen sie anfangs alle – ein uralter Trick, um den Preis in die Höhe zu treiben. Diese Taktik kenne ich zur Genüge.« Der Vicomte lächelte und nahm mit einem dankbaren Nicken das Glas Champagner entgegen, das ihm Vronskys Chefsteward reichte. »Ich habe die Erfahrung gemacht, dass es für gewöhnlich am besten ist, jemandem eine

Woche oder zwei Zeit zum Nachdenken zu lassen, bevor man sich wieder mit ihm in Verbindung setzt. Ich hoffe, Sie haben nicht die Absicht, den Anker zu lichten und weiterzuziehen?«

Vronsky schüttelte den Kopf. »Ich mag keine unerledigten Angelegenheiten. Dieses Anwesen ist wie geschaffen für mich, und ich denke nicht daran, Marseille zu verlassen, bevor es mir gehört.«

4. KAPITEL

Reboul hatte Elena aufgetragen, Sam zu einer Kreuzfahrt rund um Korsika zu überreden und ihm dabei zu helfen, seinen Widerwillen gegen alles, was auf der Wasseroberfläche trieb, zu überwinden. Er selbst hatte keine Mühen gescheut, Sam zu erklären, dass beim Bau seiner Yacht mehr Wert auf Bequemlichkeit als auf Schnelligkeit gelegt worden war und als zusätzlichen Ansporn hoch und heilig versprochen, sich nie außer Sichtweite des Festlandes zu begeben. Es sei allgemein bekannt, argumentierte er, dass man Korsika am besten besichtigen könne, wenn man die Insel gemächlich auf dem Seeweg umrundete. Viele der malerischen kleinen Buchten seien mit dem Auto unerreichbar und um diese Jahreszeit menschenleer. Und wie Elena bereits erwähnt hatte, war es eine Wohltat für eine Frau, einen Strand ganz für sich alleine zu haben. Sie war in ihrem Element und in einem engelsgleichen Gemütszustand – barfuß und mit verklärtem Lächeln und mit einer Haut, die goldbraunem Honig glich, strahlte sie eine Lebensfreude aus, die ansteckend wirkte. Wie hätte Sam da widerstehen können? Wenngleich eine eingefleischte Landratte, musste Sam zugeben, dass eine Schiffsreise durchaus interessante Perspektiven bot. Sie hatten von Weitem den Monte Cinto gesehen, der 2700 Meter emporragte und dem die Insel den Beinamen »Gebirge im Meer« zu verdanken hatte.

Über Nacht hatten sie im Hafen von Calvi angelegt, mit Blick auf die trutzige genuesische Zitadelle, die seit mehr als sechshundert Jahren über die Stadt wachte. Die Berge umschlossen die Häuser mit ihren roten Dächern wie ein großes Amphitheater. Das Abendessen hatten sie in einem Restaurant eingenommen, das zwei Schritte vom Kai entfernt lag – eine köstliche *Daurade royale,* ein Fisch, den seine Bewunderer zum ›Playboy des Mittelmeeres‹ gekürt hatten. Er war in einer Salzkruste gegart und mit Aioli gereicht worden, einer würzigen hausgemachten Mayonnaise, die vor Knoblauch strotzte. Den krönenden Abschluss bildete eine korsische Spezialität, ein cremiger Käse namens *Brocciu,* den Feinschmecker mit einer reichlich bemessenen Portion Feigenkonfitüre versahen. Nun waren sie an Bord zurückgekehrt, schläfrig und bestens gesättigt, die Haut noch ein wenig kribbelnd von der Sonne, die sie den ganzen Tag genossen hatten.

Reboul hatte Elena und Sam auf dem Deck zurückgelassen, wo sie sich in ihren Sesseln zurücklehnten und die Sterne am Firmament zählten. Als er wieder auftauchte, brachte er eine Flasche und drei Gläser mit. »Wir müssen den Abend auf korsische Art beschließen«, sagte er. »Mit einem kleinen Schlummertrunk, der uns schlafen lässt wie die Murmeltiere.« Er stellte die Flasche auf den Tisch. Das äußere Erscheinungsbild der Flasche besaß nicht die geringste Ähnlichkeit mit dem extravaganten Design, das sich bei der Präsentation eines edlen Tropfens am Ende eines Festmahls so großer Beliebtheit erfreute. Es fehlten sowohl das aufwändig gestaltete Etikett als auch der kunstvoll gearbeitete Stöpsel, die als Blickfang dienten. Es gab indes eine Art Aufkleber, an der Seite, mit einem einzigen, handgeschriebenen Wort: *Myrte.* Und der Stöpsel war ein Korken, nachgedunkelt mit den Jahren, ein Korken, der den Eindruck erweckte, als hätte er schon mehreren anderen Flaschen als Verschluss gedient. Doch unter dem Strich war mit diesem Machwerk in puncto Eleganz kein Blumentopf zu gewinnen.

Reboul stellte die Gläser in Reih und Glied nebeneinander und begann einzuschenken. »Der Myrtenlikör stammt von einem Bauern, der sein Gehöft in der Nähe meiner Tante in Speloncato hat. Er besteht aus Myrtenbeeren, in einer Mischung aus *Eau de Vie* und Zucker mazeriert, mit einer Spur Zitrone und ein paar Gewürznelken angereichert.« Er schob zwei Gläser über den Tisch.

Elena nippte, dann nahm sie noch einen Schluck. »Ah ja«, sagte sie in einem Tonfall, der die versierte Weinverkosterin verriet. »Ich glaube, ich entdecke da einen Hauch Gewürznelken.« Sie schenkte Reboul ein strahlendes Lächeln. »Daran könnte ich mich gewöhnen. Ein fantastischer Likör – lieblich, aber mit einer pfeffrigen Note. Denken Sie, dass der Bauer in der Nähe Ihrer Tante die eine oder andere Flasche für mich ansetzen würde?«

»Man nennt ihn auch den Liebestrunk«, sagte Francis Reboul, »aber die meisten denken heute bei Myrte nur an eine muggelstämmige Hexe, die Maulende Myrte in den Harry-Potter-Büchern, die wegen ihrer Pickel und Brille von allen aufgezogen wird.«

Am nächsten Morgen legten sie ab und nahmen Kurs auf die Halbinsel La Scandola, ein Naturschutzgebiet. Reboul wollte ihnen das Dorf Girolata zeigen, das nur auf dem Seeweg oder über einen Eselspfad zugänglich war. Bis vor Kurzem hatte es an diesem Ende der Welt noch nicht einmal Strom gegeben. Hier, wo das Grün des Maquis sich mit dem tiefen Blau des Meeres vermischte, beliebte sein alter Freund Sébastien im Sommer den Ruhestand zu verbringen. Um nicht zu versauern, hatte er eine Strandbar eröffnet, eine hübsche junge Einheimische als Frontfrau engagiert und sich mit den Aufgaben eines Küchenchefs hinter den Kulissen begnügt. Da die Speisekarte auf ein einziges Gericht beschränkt war – *Langouste,* die durchaus essbaren Seeigel aus der Bucht mochte man dann doch nicht auf die Speisekarte setzen –, ließen ihm die gastronomischen Verpflichtungen genug Zeit für sein bevorzugtes Hobby: müßiggängerisch in der Sonne sitzen. Sébastien nannte es »die philosophische Stunde«, aus der aber meist ein ganzer Nachmittag wurde.

Als sie an Land gingen, stand Sébastien am Ufer, um sie willkommen zu heißen – drahtig, braun gebrannt, das Gesicht ein Gitterwerk aus Falten und Runzeln, die von einem breiten Lächeln und strahlend weißen Zähnen gemildert wurden. Er umarmte Reboul, begrüßte Elena mit Handkuss und Sam mit Handschlag und geleitete sie am Strand entlang zu einer niedrigen, vorne offenen Hütte mit Tischen und Stühlen, die unter Sonnenschirmen aus verblichenem Segeltuch standen. Auf einem Schild, das über der Bar hing, war Le Cac Quarante zu lesen, und darunter, in kleinerer Schrift, der Hinweis, das Kreditkarten nicht akzeptiert wurden.

»Cac Quarante – ein eigenartiger Name für eine Bar«, sagte Elena. »Ist das eine korsische Spezialität?«

Reboul grinste. »Nicht ganz. Es handelt sich um die französische Entsprechung des Dow Jones Index – der Caq 40 ist ein Leitindex der vierzig führenden französischen Aktiengesellschaften, die an der *Bourse,* der Pariser Börse, gehandelt werden. Dort war Sébastien früher tätig.«

Elena machte ein ernstes Gesicht. »Bei uns in Amerika wäre das nicht möglich. Wenn man zu Geld gekommen ist, wird erwartet, dass man Charity-Dinners gibt, Not lindert und nicht auf eine Insel flieht und die Seele baumeln lässt.«

»Aber hier ist ja auch keine Not zu sehen«, wandte Sam ein, »oder nur wenig.«

Sie nahmen an einem der wackligen Tische Platz und vertieften sich in die handgeschriebene, postkartengroße Weinkarte, als Rebouls Smartphone läutete. Er verließ den Tisch und schlenderte am Strand entlang, während er telefonierte. Als er zurückkehrte, war seine Miene finster. Kopfschüttelnd nahm er Platz. »Ihr werdet es nicht glauben. Das war Claudine. Dieser Immobilienmakler ist gerade mit Vronsky aufgetaucht, diesem russischen Irren mit dem Helikopter. Sie haben meiner Haushälterin weisgemacht, sie hätten die Genehmigung, sich auf dem Anwesen umzuschauen. Während sie mit mir telefonierte, haben sie sich an ihr vorbei ins Haus geschlichen, und jetzt schnüffeln sie im Wohnzimmer herum. Ich habe ihr aufgetragen, die Polizei zu rufen und sie hochkant hinauswerfen lassen.« Er schüttelte abermals den Kopf. »Unglaublich.«

Sam nahm eine Flasche aus dem Eiskübel und schenkte ein Glas ein. »Immer mit der Ruhe. Vielleicht hilft das. Ein Canarelli, von der Südspitze dieser sonnenverwöhnten Insel. Sébastiens bevorzugter *Rosé.*« Und richtig, schon der erste wohlbedachte Schluck schien eine besänftigende Wirkung auf Rebouls aufgewühltes Gemüt auszuüben. »Sagen Sie, Sam, als Anwalt, was würde denn passieren, wenn sich jemand in Amerika so aufführen würde?«, fragte er. »Das erfüllt doch den Straftatbestand des Hausfriedensbruchs, oder?«

»Die wesentlichen Elemente des Deliktes sind wie folgt: Es muss sich um ein befriedetes Besitztum handeln, das durch sichtbare Umgrenzungen gegen willkürliches Betreten gesichert ist – was man ja sogar oft schon Rohbauten und Abbruchhäusern zugesteht, erst recht natürlich einem solchen Palais. Zweitens muss ein vorsätzliches Eindringen gegen den Willen des Besitzers vorliegen, eine Bedingung, die Oleg Vronsky hundertprozentig erfüllt hat.«

Elena gähnte ostentativ, während Francis Reboul, der bei dem Begriff »Abbruchhäuser« kurz zusammengezuckt war, die Stirn in Falten zog und schließlich fragte, wie man denn in Amerika mit einem solchen Delikt umgehen würde.

»Nun, es gilt zu bedenken, dass man in den Staaten den Frieden des Hauses mit der Waffe wahrt. Wir neigen dazu, jeden, der es unbefugt betritt, auf der Stelle zu erschießen. Meistens hört die Unruhe dann jählings auf. Allerdings stören Gewehrschüsse in gewisser Weise auch die Mittagsruhe.«

Reboul stutzte, schien für einen Moment über so viel Ironie fast schon verärgert, doch dann nahm er noch einen Schluck von dem Canarelli-Wein. »Wunderbar, dieses Aroma von schwarzer Johannisbeere, Brombeere und Gewürzen«, sagte er und lächelte. »Nun ja, eure Taktik muss ich mir merken. Ich werde dann besser erst am Abend von einer Feuerwaffe Gebrauch machen.«

Die Langusten waren fangfrisch, das Fleisch fest und köstlich, und sie wurden mit einer Mayonnaise serviert, die beinahe schnittfest war, handgerührt aus Eigelb und korsischem Olivenöl, extra vergine. Eine zweite Flasche Wein wurde geordert, und die Unterhaltung wandte sich Elenas und Sams Vorhaben zu, ein kleines Ferienhaus in der Provence zu kaufen – nichts Bombastisches, aber ein Objekt mit *beaucoup de charme,* wie Elena erklärte.

»Ich muss euch warnen«, sagte Reboul. »Diese drei Worte prägen sich alle provençalischen Immobilienmakler bereits am Tag ihrer Geburt ein. Charme ist eine verniedlichende Umschreibung für dunkle Zimmer, winzige Fenster, niedrige Decken, kaputte Rohrleitungen, Ratten im Keller und Fledermäuse im Schlafzimmer. Wenn das Anwesen kurz vorm Zusammenkrachen ist und aus den Fugen zu geraten droht, besitzt es einen *charme fou* – eine wahnsinnige, sprich morbide Anziehungskraft. Und als wäre das noch nicht genug, hat es darüber hinaus auch noch ein ›enormes Potenzial‹. Was nichts anderes heißt als, dass ihr euch in jahrzehntelange Renovierungsarbeiten stürzen müsstet. Ihr solltet also nicht überrascht sein, wenn euch der Immobilienmakler bei der Besichtigung die rosarote Brille als Leihgabe zur Verfügung stellt.« Er hielt inne, um abermals einen Schluck Wein zu trinken. »Wie auch immer, nach unserer Rückkehr werde ich euch eine Liste mit den Namen der Makler zusammenstellen, mit denen ihr euch in Verbindung setzen solltet.«

Drei sonnige, geruhsame Tage später kehrten sie zurück. Sie hatten noch einen Abstecher zur alten Inselhauptstadt Corte gemacht, wo Mitte des 18. Jahrhunderts die Republik

Korsika ausgerufen worden war, bevor Genua die Insel 1768 für zwei Millionen Lire an Frankreich verkaufte. Die korsische Armee hatte daraufhin aufbegehrt, doch die Franzosen schlugen den Aufstand nieder, und dem Inselhelden Pasquale Paoli, der geklagt hatte, dass man seine Landleute wie eine Hammelherde verkaufte habe, blieb keine andere Wahl als, ins britische Exil zu fliehen.

Für Reboul und seine Freunde waren die Tage auf Korsika ein kurzer, wenngleich magischer Urlaub vom wirklichen Leben gewesen, der ein Gefühl des Wohlwollens gegenüber dem Rest der Welt hinterließ. Ein Eindruck, der leider nicht von Dauer sein konnte.

Elena, die ihre elektronischen Verbindungen zum Büro gekappt und im Le Pharo zurückgelassen hatte, schaltete ihr Blackberry wieder ein und fand ein Dutzend Nachrichten von Klienten vor, deren Existenz seliger Vergessenheit anheimgefallen war. Sam, der viel zu sehr das Leben genoss, um über den Tod nachzusinnen, entdeckte eine unnachgiebig formulierte E-Mail seines Anwalts, der sich zutiefst besorgt über Sams Versäumnis zeigte, trotz wiederholter Aufforderung seinen letzten Willen zu verfassen. Und Reboul wurde wider besseres Wissen zunehmend von Gedanken heimgesucht, die sich um Oleg Vronsky rankten; nicht nur Gedanken, sondern auch Fragen. Wenn ein Mann ein derart übergriffiges Interesse am Besitz eines anderen bekundet, ist der Wunsch, mehr über ihn zu erfahren, nur natürlich.

Reboul konnte sich glücklich schätzen, einen Verbündeten wie Hervé zu haben, den Polizeichef von Marseille, den er unlängst wegen Vronskys Helikopter kontaktiert hatte. Reboul hatte in der Vergangenheit schon mehrmals festgestellt, dass Hervé imstande war, seine Fühler in alle Richtungen auszustrecken, gleich ob Unterwelt, Regierung oder Interpol, ja sogar in den innersten Kreis der regionalen Handelskammer. Die beiden Männer trafen sich drei oder vier Mal im Jahr zum Mittagessen, um Klatsch und kleine Gefälligkeiten auszutauschen.

»Nun, *mon vieux,* was hast du angestellt?«, erkundigte sich Hervé. »Zu viele Strafzettel wegen Falschparkens? Einen Politiker unter Beschuss genommen? Wiederholte Majestätsbeleidigung?« Während sein schallendes Gelächter am anderen Ende der Leitung widerhallte, konnte sich Reboul Hervés Gesicht vorstellen, rund, lächelnd und heiter – ein irreführendes Erscheinungsbild, hinter dem sich der beinharte, willensstarke Ordnungshüter verbarg, der in ihm steckte, wie Reboul sehr wohl wusste.

»Nichts dergleichen. Ich brauche nur ein paar Informationen«, erwiderte Reboul. »Erinnerst du dich an die Sache mit dem Tiefflieger, diesem Hubschrauber, der beinahe das Dach meines Palais wegrasiert hätte? Nun, ich glaube, der Typ, der diesen Zirkus veranstaltet hat, schnüffelt weiter schamlos herum. Während ich auf Korsika war, hat er sich Zutritt zu meinem Haus verschafft, eine geführte Tour inbegriffen. Ich wüsste gerne ein wenig mehr über ihn. Er heißt Oleg Vronsky. Er ist Russe, und reich. Sehr reich.«

»Mal sehen, was ich über ihn herausfinden kann. Reiche Russen in Europa aufzuspüren ist nicht besonders schwer. Gib mir ein paar Tage Zeit, dann werde ich vielleicht schon die ersten Ergebnisse für dich haben. Bis dahin halt die Ohren steif und tu nichts, was ich nicht auch tun würde, *d'accord?*

5. KAPITEL

Motorradlärm durchschnitt die Stille, die am frühen Abend – zur Stunde des *l'apéritif* – im Le Pharo herrschte. Der Fahrer, ein stattlicher Polizist mit auf Hochglanz gewienerten Stiefeln, parkte seine Maschine mit der gebotenen Sorgfalt, setzte den Helm ab und legte ihn auf den Sattel, läutete an der Eingangstür und nahm Habachtstellung an. Man hatte ihm eingeschärft, dass es sich um eine äußerst wichtige Lieferung handele, vom Polizeichef höchstpersönlich in Auftrag gegeben, und es gelte, ein vorbildliches Benehmen an den Tag zu legen.

Claudine öffnete die Tür. Der Polizist salutierte. »Für Monsieur Reboul«, sagte er und händigte ihr einen Umschlag aus.

»*Merci,* Monsieur.«

»Keine Ursache, Madame. Und einen schönen Abend noch.« Auftrag erfüllt; er salutierte abermals, bevor er sich auf seine Maschine schwang und mit lautem Getöse die Auffahrt hinunterbrauste.

Claudine überbrachte den Umschlag unverzüglich dem Hausherrn, der ihn mit einem Briefmesser aufschlitzte und drei Papierbögen entnahm. Das erste Blatt war ein handgeschriebener Begleitbrief von Hervé:

Cher ami,
ich habe mich für eine kleine Vorsichtsmaßnahme entschieden und auf die altmodische Kommunikationsmethode mit Papier zurückgegriffen. Wie Du weißt, ist alles, was auf elektronischem Wege übermittelt wird, heutzutage kaum noch vertraulich, und ich ziehe es vor, den Inhalt nicht im Internet verewigt zu sehen.

Wie Du anhand der beigefügten Dokumente sehen wirst, hat Monsieur Vronsky einen interessanten beruflichen Werdegang hinter sich. Auffällig ist dabei vor allem die hohe Mortalitätsrate seiner Geschäftspartner. Obwohl keine hieb- und stichfesten Beweise gegen ihn vorliegen, glaube ich nicht an einen Zufall, sondern betrachte diese Todesfälle als ernst zu nehmende Warnung. Ich empfehle Dir mit allem Nachdruck, Dich nicht mit diesem Mann einzulassen. Er scheint extrem gefährlich zu sein.

Amitiés,
H.

Reboul atmete tief durch, schenkte sich zur Stärkung einen kleinen Scotch ein, bevor er sich den anderen beiden Seiten zuwandte, die mit der Maschine geschrieben waren.

Vronsky, Oleg. Geboren in St. Petersburg, 4. Januar 1966 Von 1986 bis 1989 leistete er Militärdienst, zunächst als Gefreiter, dann als Feldwebel und Zugführer einer Panzerschwadron. Nach der Rückkehr ins Zivilleben studierte er Materialwissenschaften, nutzte aber nebenher gemeinsam mit einem befreundeten ehemaligen Angehörigen der Armee namens Vladimir Pugachev die Verbindungen zu den Streitkräften, um sich eine Existenz als Waffenhändler aufzubauen, zuerst auf dem Balkan und später, als das Geschäft florierte, in Westafrika. Die Organisation wuchs und expandierte; dann kam Pugachev unter ungeklärten Umständen ums Leben, während einer Geschäftsreise nach Ouagadougou, und seine Unternehmensanteile gingen auf Vronsky über. Aufkommende Gerüchte, an der Sache sei etwas faul, wurden mit allem Nachdruck dementiert.

Vronsky führte sein Unternehmen von Erfolg zu Erfolg. Nachdem er seine afrikanische Niederlassung an den aufstrebenden starken Mann auf der politischen Bühne, den künftigen Diktator Marlon Batumbe verkauft hatte, kehrte er nach Russland zurück, wo er die *PRN* gründete (Prirodni Resursi Neogranichenyi – Unbegrenzte Natürliche Ressourcen), eine Organisation, die sich die Ausbeutung der Bodenschätze im Süden des Ural auf die Fahnen geschrieben hatte. Es folgten einige gewinnträchtige Jahre, in denen es Vronsky gelang, einen Zusammenschluss mit einem noch größeren Unternehmen unter Dach und Fach zu bringen, das sich im Besitz von Sergei Popov befand. Seit der Fusion waren weniger als zwei Jahre vergangen, als Popov unter ungeklärten Umständen ums Leben kam, und zwar während der Teilnahme an einem Bauxitseminar in Magnitogorsk; seine Unternehmensanteile gingen an Vronsky über.

Mit zunehmendem Reichtum, einem gut ausgebauten Netzwerk nützlicher Verbindungen und Macht ausgestattet, konnte Vronsky sein Imperium ausweiten und breit gefächert aufstellen, was nicht zuletzt dem Abbau von Lagerstätten in der Arktis und im Amazonasbecken geschuldet war. Er investierte unter anderem auch in eine Top-Immobilie an der Park Avenue im Herzen von New York, ein komplettes Apartmentgebäude, das er gemeinsam mit Jack Levy erwarb, einem Projektentwickler aus Manhattan. Es herrscht weitgehend Übereinstimmung, dass Levys Freitod – er sprang von einem Fenstersims im achtunddreißigsten Stock – ein beträcht-

licher Verlust für die Gemeinde war. Für Vronsky entpuppte er sich gleichwohl als erheblicher Gewinn, denn Levys Immobilienanteile gingen auf ihn über.
Seit 1999, als Jelzin, in dessen Ära Vronskys Aufstieg Fahrt annahm, die Macht an Putin abtrat, scheint Vronsky immer weniger in Russland zu weilen. Nachdem Putin 2006 die komplette Zollverwaltung austauschte, die als besonders korrupt galt, und die neue Zollbehörde direkt der Regierung unterstellte, weilte er nur sporadisch und unangekündigt in seiner Heimat, wo er wohl wegen systematischer Steuerhinterziehung wenig geschätzt wird. Daher zieht er es vor, seine Yacht, die *Caspian Queen*, als Hauptniederlassung zu nutzen. Auf seinen Reisen steigt er in Luxushotels ab. Einzelheiten über sein Privatleben sind nur begrenzt verfügbar, seine beiden Geschwister sind schlecht auf ihn zu sprechen, doch der eine oder andere Hinweis ist aufgetaucht. Obwohl er ständig in Begleitung schöner Frauen gesichtet wird, war er nur ein einziges Mal verheiratet; aus der Ehe, die mit einer Scheidung endete, gingen keine Kinder hervor. Zu seinen Hobbies gehören Bärenjagd, Schach und Gesellschaftstanz.

»Sie sehen so nachdenklich aus, Francis.« Sam blieb auf der Schwelle zum Wohnzimmer stehen. »Hoffentlich nichts Schlimmes?«

»Nein, nein. Ich habe nur gerade einiges über diesen Russen erfahren. Holen Sie sich etwas zu trinken, und lesen Sie selbst.« Er reichte die beiden vertraulichen Dokumente an Sam weiter, der sich ein Glas Wein einschenkte und es sich auf dem Sofa gemütlich machte.

»Man kann nicht sagen, dass er sein Leben der Wohltätigkeit und der Pflege freundschaftlicher Bindungen gewidmet hat«, erklärte Sam ein paar Minuten später. Er schüttelte den Kopf. »Drei Geschäftspartner, die alle urplötzlich das Zeitliche segnen? Das hat nichts Zufälliges mehr. Ich frage mich, warum man ihm nie etwas nachweisen konnte. Oder ihn zumindest wegen Verletzung der Sorgfaltspflicht belangt hat.«

»Man darf nicht vergessen, dass sich die drei mysteriösen Todesfälle zu drei verschiedenen Zeiten an drei verschiedenen Orten ereigneten. Können Sie sich vorstellen, dass die Strafverfolgungsbehörden in Afrika, Russland und Amerika an einem Strang ziehen?« Reboul raffte die Unterlagen zusammen und verwahrte sie in einer Schublade. »Doch genug davon. Wo steckt die schöne Elena?«

»Sie treibt ihre Selbstoptimierungsversuche auf die Spitze.« Sam zuckte die Achseln. »Mir ist aufgefallen, dass sie doppelt so lange für ihr Make-up und den Rest braucht, seit wir in Frankreich sind. Sogar die dreifache Zeit, wenn sie sich in Paris aufhält, wo der Konkurrenzdruck erheblich höher ist, sagt sie.«

Reboul lächelte. »Ja, ja, die Frauen. Aber wie langweilig wäre das Leben ohne sie. Wissen Sie schon, wo Sie heute zu Abend essen?«

»Bei Yves, einem Freund von Philippe und Mimi, er ist ein fantastischer Koch. Er und seine Frau Ginette sind gerade mit einem Michelin-Stern ausgezeichnet worden, deshalb treffen wir uns in seinem Restaurant, um zu feiern. Was ist, kommen Sie mit?«

Reboul zog eine Grimasse und schüttelte den Kopf. »Mich erwartet ein romantischer Abend mit meiner Steuerberaterin, wir müssen die Zahlen noch einmal durchgehen.

Das ist immer ungemein prickelnd. Nächste Woche ist Termin für die Abgabe der Vermögenssteuererklärung – die ihr Amerikaner klugerweise zu umgehen wisst. Sie scheint mit jedem Jahr komplizierter zu werden.« Seine Miene hellte sich auf, als sein Blick auf die Tür fiel. »Ah, da ist sie ja – *la bomba*. Hinreißend, meine Liebe, einfach hinreißend.«

Elena deutete einen Knicks an. »Ich danke Euch, werter Herr.« Sie sah in der Tat hinreißend aus in ihrem vanillefarbenen Seidenkleid, das einen reizvollen Kontrast zu ihren rabenschwarzen Haaren und der korsischen Sonnenbräune bildete. Sam musste zugeben, dass sich das Warten gelohnt hatte.

Als sie mit dem Taxi zum Restaurant fuhren, erzählte er Elena, was er gerade über Vronsky erfahren hatte. Sie konnte es kaum glauben. »Denkst du, er rechnet allen Ernstes damit, dass Francis ihm Le Pharo verkauft?«

»Ich bin mir nicht sicher. Ein Mann mit so viel Macht und Geld denkt gar nicht daran, ein Nein als Antwort zu akzeptieren. Er glaubt, dass er sich alles erlauben kann und stets ungestraft davonkommt, denn so läuft es schon seit Jahren. Sein Dossier liest sich passagenweise wie der Steckbrief eines Serienmörders. Erschreckend. Ich denke, wir tun gut daran, ihn genau im Auge zu behalten.«

6. KAPITEL

Im Palais du Pharo fand ein Galaabend statt. Sechs Monate zuvor hatte sich Reboul von seiner Gutmütigkeit übermannen lassen und zugestimmt, ein Bankett auszurichten, um Spenden für *Les Amis de Marseille,* eine lokale Wohltätigkeitsorganisation, zu sammeln. Die Benefizveranstaltung war von einem Ausschuss des Marseiller Gewerbeverbandes gesponsert worden, dessen Zielsetzungen nicht ganz frei von Eigeninteresse waren; die Wohltätigkeit beginnt schließlich vor der eigenen Haustür. Doch es ging um einen guten und auf regionaler Ebene äußerst wichtigen Zweck: Es galt, Marseilles Ruf als Küsten-Eldorado zu fördern, mit Events, die Cannes mit seinen Filmfestspielen, Nizza mit seinem Blumenkorso und Monaco mit seinen Tennisturnieren und Grand-Prix-Rennen Konkurrenz machen würden.

Was hatte Marseille, was die anderen Destinationen nicht bieten konnten? Segelregatten, Musik- und Theaterfestivals, ein schwimmendes Spielkasino, *Boule*-Weltmeisterschaften und ein Wasserskiturnier gehörten zu den möglichen Attraktionen, die in Erwägung gezogen wurden. Doch ehrgeizige Pläne von diesem Kaliber erforderten hohe Anfangsinvestitionen, und der Abend im Palais du Pharo, bei dem die handverlesenen Gäste allein für das Menü tausend Euro pro Kopf hinblättern mussten, sollte den Stein ins Rollen und eine prall gefüllte Sammelbüchse bringen.

Reboul hatte *Les Amis* alle Ehre gemacht. Die weitläufige Terrasse an der Rückseite des Palais war zu einem Mittelding zwischen einem kleinen Wald und einer riesigen Gartenlaube umgestaltet worden. Hier standen Olivenbäume, Zitronenbäume und schwarzstämmige Bambuspflanzen in dichten Büscheln, allesamt in großen Terrakottakübeln und mit Lichterketten geschmückt. Zwischen den Bäumen waren zwanzig Tische für jeweils sechs Personen aufgestellt worden, mit dicken Leinentischdecken, dazu passenden Servietten in echtem ›Marseille-Blau‹, Windlichtern mit brennenden Kerzen und einem Gesteck aus weißen Rosen als Prunkstück in der Mitte.

Eine kleine Kapelle, die ihre Instrumente auf einem Podium in der Ecke aufgebaut hatte, stimmte alte Chansons wie *La mer* oder *La vie en rose* und die Titelmelodie des Films *Ein Mann und eine Frau* an.

Selbst die Natur hatte sich nicht lumpen lassen und einen großzügigen Beitrag geleistet: Die Luft war weich, kein Hauch regte sich, und die endlose Weite des samtig schwarzen Firmaments war mit funkelnden Sternen übersät. Es war, wie einer der ersten Gäste treffend bemerkte, *un décor magique.*

Der Gastgeber und sein Team tranken ein Glas Champagner, um sich auf die Ereignisse des Abends vorzubereiten. Elena hatte sich für das kleine Schwarze entschieden, das ›Zeremonielle‹, wie sie es nannte, aber zu erklären abgelehnt, welche Art von Zeremonie ihr dabei vorschwebte. Sam hätte mehrere Interpretationsmöglichkeiten anzubieten gewusst, war aber angewiesen worden, sie für sich zu behalten. Mimi und Philippe, frisch verlobt, hielten Händchen, während sie ihren Champagner schlürften, und Reboul und Sam machten im weißen Smoking eine ausgesprochen gute Figur.

»Haben Sie Ihre Rede im Kopf?«, erkundigte sich Sam.

Reboul zuckte zusammen. »Jemand hat einmal gesagt, um eine gute Rede zu halten, müsse man nur drei einfache Regeln beachten: aufstehen, vortragen, schweigen. Deshalb wird meine Rede kurz und knapp ausfallen, nach dem Motto ›In der Kürze liegt die Würze‹.« Sein Blick fiel auf eine Gestalt, die sich einen Weg durch die Menge bahnte. »Ah, da kommt sie ja – meine Mentorin auf dem gesellschaftlichen Parkett.«

Marie-Ange Picard war Eventmanagerin und Spezialistin für exklusive Veranstaltungen wie diese. Schlank, blond und Mitte dreißig, hatte sie sich ebenfalls in das ›kleine Schwarze‹ gequetscht – wenngleich eines mit einem tiefen *Décolleté* und dem obligatorischen Namensschild an einer strategisch ausgeklügelten Stelle, wo ihm ein Höchstmaß an Aufmerksamkeit zuteilwurde. Reboul machte sie mit seinen kalifornischen Freunden bekannt und einen oder zwei Wimpernschläge lang maßen Elena und Marie-Ange einander wie zwei Boxer, die sich anschicken, in den Ring zu steigen.

»Was für ein bezauberndes kleines Kleidchen«, sagte Marie-Ange. Elena neigte lächelnd den Kopf. Nicht so klein wie deines, dachte sie. Vielleicht solltest du dich beim nächsten Mal lieber für etwas entscheiden, in das du auch hineinpasst.

Marie-Ange wandte ihre Aufmerksamkeit Reboul zu, wobei sie ihm mit jeder Frage näher zu Leibe rückte. »*Alors*, Monsieur Francis. Haben Sie alles, was Sie brauchen? Den Text Ihrer Rede? Sind Sie zufrieden mit der Sitzordnung an Ihrem Tisch? Möchten Sie die Gästeliste noch einmal durchgehen – sie wurde in letzter Minute noch um zwei weitere Bankettteilnehmer ergänzt.« Inzwischen war Marie-Anges ausladender Busen mit Rebouls Brustkorb auf Tuchfühlung gegangen. Er schien das nicht unangenehm zu finden.

Er trat einen Schritt zurück, um der Parfümwolke zu entkommen, die ihn umnebelte, und ließ seinen Blick prüfend über die Terrasse schweifen, auf der großes Gedränge herrschte. »Sind alle Tische besetzt?«

»Die zwei oder drei letzten wurden gestern gebucht«, erwiderte Marie-Ange. »Ein Tisch ging an einen Russen. Er hat alle sechs Plätze gekauft.«

Reboul runzelte die Stirn. Wie viele Russen gab es in Marseille, die bereit waren, sechstausend Euro für ein Abendessen zu zahlen? »Wer ist der Mann?«

Marie-Ange zog ihre Gästeliste zurate. »Ein Monsieur Vronsky. Kennen Sie ihn vielleicht?«

Reboul schüttelte eine Spur zu vehement den Kopf. »Ich hatte noch nicht das Vergnügen.«

Marie-Ange bahnte Reboul den Weg zum Podium. Die Kapelle beendete den alten Piaf-Klassiker *Non, je ne regrette rien* mit einem Tusch und Marie-Ange übernahm das Mikrofon.

»Meine Damen und Herren, Freunde von Marseille – ich heiße Sie alle herzlich willkommen. Ich verspreche Ihnen, dass Sie einen unvergesslichen Abend erleben werden.« Sie warf einen flüchtigen Blick auf ihre Notizen. »Nach dem Festbankett, das seinem Namen mehr als gerecht wird« – sie hielt inne, um ihre Fingerspitzen zu küssen –, findet eine Auktion statt, eine Auktion *de luxe,* die Sie in Versuchung führen soll, beim Bieten den gleichen Hang zur Extravaganz zu bekunden. Eine Extravaganz, die gleichwohl einem guten Zweck dient. Als Erstes haben wir ein Wochenende für zwei Personen im Le Petit Nice zu vergeben, das sich rühmen darf, über drei Michelin-Sterne, einen einzigartigen Meerblick und eine legendäre *Bouillabaisse* zu verfügen.« Abermals folgte eine kurze Pause, um die Fingerspitzen zu küssen. »Des Weiteren stehen sechs Flaschen Château Lafite-Rothschild Jahrgang 1982 zu Gebote, einer der besten Jahrgänge dieses Spitzenweins, aus dem privaten Weinkeller unseres Gastgebers. Als Nächstes werden – was die Fußballfans unter Ihnen interessieren dürfte – vier Eintrittskarten zum Club de Loges für alle Heimspiele von Olympique de Marseille in der kommenden Saison versteigert. Und schließlich haben Sie die einmalige Gelegenheit, eine Luxuskarosse zu erwerben, die in der Tat extravagant ist: einen Bentley R-Type, einen veritablen Oldtimer, 1959 vom ägyptischen Ex-König Faruk anlässlich seiner offiziellen Einbürgerung in Monaco erworben.«

Marie-Ange wandte sich Reboul zu. Mit der Miene eines Magiers, der im Begriff steht, ein besonders ansehnliches weißes Kaninchen aus dem Hut zu zaubern, fuhr sie fort: »Und nun übergebe ich das Wort an den ungemein großzügigen Gastgeber des heutigen Abends, Monsieur Francis Reboul, der Sie willkommen heißen möchte – kurz und schmerzlos, wie er mich Ihnen mitzuteilen bat.« Sie klatschte, und als die Gäste ihrem Beispiel folgten und in den Beifall einstimmten, reichte sie das Mikrofon an den nächsten, wenngleich ein wenig zögerlichen Redner weiter.

Reboul bedankte sich in knappen Worten, die aber von temperamentvollen Gesten begleitet wurden, bei den Bankettteilnehmern für ihre Unterstützung und wies darauf hin, dass dieser Abend nur der Anfang sei – der erste Schritt auf einem Weg, der hoffentlich zu einer weiteren spektakulären Sehenswürdigkeit seiner geliebten Heimatstadt Marseille führen möge. »Doch ich bin sicher, dass Sie inzwischen alle hungrig sind, und wie ich sehe, klopft mein Freund und Küchenchef Alphonse bereits ungeduldig auf seine Uhr«, fügte er mit einem Blick auf die Sommerküche hinzu. »Ich weiß aus Erfahrung, dass er nicht zu den Menschen gehört, die man warten lassen sollte. *Allons, mes amis! A la bouffe!*«

Weit über hundert Gäste setzten sich daraufhin in Marsch, um ihre Plätze einzunehmen, und Reboul kannte die meisten persönlich: eine breit gefächerte Palette lokaler Geschäftsleute mit Ehegespons; Hervé, der Polizeichef; namhafte Vertreter der Handelskammer; Gaston, Mittelsmann für krumme Geschäfte; Madame Spinelli, eine Frau von kräftiger Gestalt mit einer breiten, aber glatten Stirn mit dichten blonden Augenbrauen, von der Marseiller Frauenliga mit Bruno, ihrem erheblich jüngeren Lebensabschnittsbegleiter; die übergewichtigten, offenbar von allen Trainingseinheiten befreiten Vorstandsmitglieder des Fußballclubs Olympique de Marseille; und Angehörige der Schickeria, die ihre Sonnenbräune und ihre Juwelen verglichen. Mit anderen Worten: eigentlich alle, die sich in Marseille für unentbehrlich hielten.

Plus einige, die weder Rang noch Namen besaßen – zumindest bislang nicht. An einem unübersehbaren Tisch, der gerade kurzen Prozess mit einer Magnumflasche Dom Perignon machte, sorgte das sogenannte ›russische Kontingent‹, wie Marie-Ange dem Gastgeber zuflüsterte, für Aufsehen. Zu dieser Gruppe gehörten Oleg Vronsky in einer Smokingjacke aus pflaumenfarbenem Samt, dekorativ eingerahmt von Natascha auf der einen und Katja auf der anderen Seite; der Vicomte de Pertuis und Madame la Vicomtesse, die, mitleiderregend magersüchtig, wie es dem derzeitigen Modetrend entsprach, ihre Zigarettenspitze mit gefährlicher Unbekümmertheit hin und herschwenkte; und, hingeflegelt auf seinem Stuhl, ein junger Mann mit einer Sonnenbrille, die das Funkeln des Lichts reflektierte und Haaren in einem fragwürdigen Aschblond; er war von Kopf bis Fuß in schwarzes Leder gekleidet.

Reboul bahnte sich, nachdem er einige Freunde begrüßt hatte, gerade den Weg zu seinem Tisch zurück, als er hörte, wie ihn jemand beim Namen rief. Er drehte sich um und blickte geradewegs in die eisblauen Augen des russischen Oligarchen.

»Ah, Monsieur Reboul. Gestatten, mein Name ist Oleg Vronsky.«

Zum ersten Mal in seinem Leben ließen Reboul seine ansonsten tadellosen Manieren im Stich. »Ich weiß«, erwiderte er ungehalten, drehte sich auf dem Absatz um und setzte seinen Weg ungerührt fort.

Der Russe holte ihn ein und ergriff seinen Arm. »Wir sollten miteinander reden. Was ich zu sagen habe, könnte sehr interessant für Sie sein.«

»Das bezweifle ich.« Reboul wischte die Hand des Oligarchen wie eine lästige Fliege beiseite und kehrte zu seinem Tisch zurück, er ließ den Russen einfach stehen und machte ihn damit zum Objekt der Neugierde für die Gäste an den umliegenden Tischen, die einen unverstellten Blick auf die Szene hatten. Als sich Vronsky von seiner Schockstarre erholt hatte, eilte er davon, wobei er einen Kellner beiseitestieß, um an seinen Platz zurückzugelangen.

Seine Miene war finster, als er sich wieder setzte. »Arrogantes Pack, diese Franzosen«, beklagte er sich beim Vicomte de Pertuis. »Was glaubt er eigentlich, wer er ist?« So gedemütigt hatte er sich das letzte Mal im Jahre 2006 gefühlt, als Putin in einer Rede zur Lage der Nation den früheren amerikanischen Präsidenten Roosevelt zitierte und die Superreichen an ihre gesellschaftliche Verantwortung erinnert hatte – in den Tagen danach hatte er deutlich gespürt, wie alle ihm misstrauischer und reservierter als zuvor begegneten. Die Natschalniks, die linientreuen Aufseher, hatten wieder Oberwasser bekommen.

Auch an Rebouls Tisch fiel eine ähnliche despektierliche Bemerkung über das »arrogante Pack«, allerdings auf eine andere Nationalität bezogen.

»Ich fasse es nicht«, sagte Sam. »Hat er sich wenigstens dafür entschuldigt, dass er widerrechtlich in Ihr Haus eingedrungen ist!«

Der Besitzer des Palais du Pharo schüttelte den Kopf. »Dafür war unsere Unterhaltung zu kurz.« Er wandte sich an Elena, seine Tischnachbarin. »Es tut mir leid, meine Liebe. Ich hoffe, Sie können mir noch einmal verzeihen. Aber davon sollten wir uns den Abend nicht verderben lassen.«

7. KAPITEL

Wie Reboul voller Stolz Elena erklärte, hatte er gemeinsam mit seinem Küchenchef Alphonse das Menü ausgearbeitet, eine rein provençalische Angelegenheit. »Wir beginnen mit Melonen aus Cavaillon, einer kleinen Ortschaft, aus der die besten Melonen Frankreichs stammen. Sie sind so köstlich, dass sich der berühmte Schriftsteller Alexandre Dumas, Autor der Romane *Die drei Musketiere* und *Der Graf von Monte Christo,* im neunzehnten Jahrhundert auf einen Handel mit Cavaillon einließ: ›Bücher gegen Melonen‹. In den Archiven der Stadt befindet sich noch heute eine Auswahl von Werken, die Dumas im Tausch gegen ein Dutzend Melonen pro Jahr schickte.« Reboul hielt für einen Moment inne, um sich einen Schluck Champagner zu Gemüte zu führen, und merkte, dass seine Tischnachbarn verstummt waren, um seinen Ausführungen zu lauschen. »Und die saftigsten, schmackhaftesten Melonen, die wir heute Abend vorgesetzt bekommen, sind die *Melons de dix* mit den grünen Streifen; sie unterteilen die Frucht in zehn perfekt portionierte Scheiben.«

Elena blickte Sam an, der ihr gegenübersaß. »Sam, ich hoffe, du merkst dir das. Du bist schließlich für die Küche verantwortlich, wenn wir uns hier ein Feriendomizil zulegen.

Und die Abenteuerromane von diesem Dumas müssten doch auch etwas für dich sein. Okay, Francis, worin besteht der zweite Gang?«

»*Daube Avignonnaise,* eine sommerliche Variante des Schmorgerichts aus Lamm, in Weißwein mariniert, und folglich ein wenig leichter als die traditionellen mit Rotwein zubereiteten *Daubes,* die Rindfleischragouts, die man hier bevorzugt im Winter isst. Dazu gibt es hausgemachte Teigwaren und Weißwein aus dem südlichen Rhônetal, einen Châteauneuf-du-Pape. Danach werden verschiedene Käsespezialitäten gereicht, die unsere guten Freunde, die heimischen Ziegen, liefern, und den Abschluss bildet eines meiner Lieblingsdesserts – Erdbeeren aus Carpentras mit einer Sauce, die von Alphonse kreiert wurde, behauptet er zumindest. Eine Mischung aus Sahne und Joghurt, mit einem Hauch Balsamicoessig. *Voilà* – ein Festmahl, das gute Laune macht und die Gäste auf die Auktion einstimmen wird.«

Als die Melonen serviert wurden, die in der Tat duftend und saftig waren, beantwortete Philippe, der gerade von einer zweitägigen Reportage aus Cannes zurückgekehrt war, die üblichen Fragen über die Filmfestspiele. Welche Stars waren erschienen? Hatte er sich auch wirklich ein paar ungewöhnliche Filme angeschaut und einen Trend, einen Stil entdeckt? War der neueste Frauenschwarm, der *Sexiest Man Alive* in diesem Jahr, wirklich so groß und gut gebaut, wie es auf der Leinwand den Anschein hatte, oder war er in Wirklichkeit ein ›pickeliger Zwerg‹, wie eine unfreundliche Klatschkolumnistin es formulierte?

Als Reboul schließlich wissen wollte, ob Philippe in diesen zwei Tagen einen Gesamteindruck vom Festival gewonnen habe, nickte dieser. »Meiner Meinung nach gehört die gepflegte Unterhaltung von Angesicht zu Angesicht der Vergangenheit an. Alles, was ich gesehen habe, waren Leute, die in Gruppen zusammenstanden oder saßen, aber kein Wort miteinander wechselten, ja sich nicht einmal eines Blickes würdigten. Sie starrten ausnahmslos auf ihr Handy. Richtige Gespräche habe ich nur mit dem Barkeeper im Martinez geführt.«

Diese kulturpessimistischen Betrachtungen, wie man sie eher von deutschen Feuilletonisten erwartet hätte, wurden zur allgemeinen Erleichterung vom sommerlich abgewandelten *Daube* unterbrochen, einem Triumph der Sterneküche, wie man einhellig feststellte: leicht, butterzart und würzig.

»Elena, jetzt bist du an der Reihe; merkst du dir das?« Sam war damit beschäftigt, mit einem Stück Brot die letzten Spuren der Sauce von seinem Teller zu tilgen, als er die Frage an sie richtete.

»Du bist für die Küche zuständig – wie ich bereits sagte.«

»Nur für die Melonen«, protestierte Sam. »Den Rest delegiere ich.«

Elena verdrehte die Augen, was Sam vorausgesehen hatte; danach wandte sich die Unterhaltung der Suche nach einer geeigneten Immobilie und der absolut unverzichtbaren Grundausstattung zu, einem geräumigen Weinkeller und einem schalldichten Gästezimmer. Beim Servieren der Erdbeeren kam das ungehobelte Benehmen von Oleg Vronsky zur Sprache, das einfach nicht westeuropäischen Standards genügte. Sam war der Meinung, Vronsky sei ein Immobilien-Stalker und müsse ein offizielles, polizeiliches Kontaktverbot erhalten, um zu unterbinden, dass er sich zur Landplage entwickelte. Reboul hatte sich inzwischen wieder gefasst und betrachtete das Problem mit philosophischer Gelassenheit. »Wenn er mich jedoch weiterhin belästigt, werde ich etwas dagegen unternehmen müssen«, räumte er ein.

Aber was? Bevor sie die Gelegenheit hatten, die verfügbaren Optionen genauer zu erörtern, hatte Marie-Ange das Podium erneut in Beschlag genommen; ihr Auftritt wurde von einem Trommelwirbel und einem diskreten Zurechtrücken ihres knappen Dekolletés begleitet. Elena entging nicht, dass Sam einen Augenblick länger als unumgänglich bei diesem Anblick verweilte, und flüsterte ihm zu: »Ich suche mir morgen ein Kleid, das noch enger sitzt.« Er drückte sie fest an sich und raunte ihr feurige Liebesschwüre ins Ohr. Das Verlangen stand ihnen beiden ins Gesicht geschrieben. Leider war es Zeit für die Auktion, und die konnten sie nicht einfach ignorieren, ohne unhöflich zu wirken.

Als Erstes stand das Wochenende für zwei Personen im Le Petit Nice zu Gebote, an der Corniche, drei Kilometer von Marseille entfernt gelegen, in ganz Frankreich für seine exquisite Lage mit Meerblick, die modern designten und dennoch behaglichen Zimmer und vor allem für seine Drei-Sterne-Küche bekannt, wie Marie-Ange ihre Zuhörer erinnerte. Von der eigenen Begeisterung mitgerissen, verlor sie sich in der Beschreibung der Freuden, auf der traumhaften Terrasse zu speisen, gefolgt von einer Schilderung der legendären *Bouillabaisse* und des grandiosen Olivenöls (eine Exklusivabfüllung für das Hotel), um dann – nach einem weiteren feuchten Kuss auf ihre Fingerspitzen, deren Haut aufzuquellen begann – die Auktion offiziell zu eröffnen.

Das Anfangsgebot belief sich auf dürftige 500 Euro, das sich jedoch rasch auf 2000 Euro und schließlich auf 2500 Euro erhöhte. »Das sollte Ihnen aber mehr wert sein«, spornte Marie-Ange die Gäste an. »Hier handelt es sich schließlich nicht nur um ein fabelhaftes, ein absolut *traumhaftes* Wochenende, sondern um eine Investition in die Zukunft Ihrer Stadt.« Nach einem Hagel von Geboten in letzter Minute kam das Wochenende schließlich für 5000 Euro unter den Hammer. Der Käufer war ein lokaler Geschäftsmann, der in dem Ruf stand, die Abwechslung zu lieben, und Reboul verkniff sich den Wunsch, ihn zu fragen, ob er das Wochenende mit seiner Frau oder mit einer seiner Mätressen zu verbringen plante.

Die Auktion nahm ihren Lauf, und die Gebote schnellten in die Höhe – die sechs Flaschen Château Lafite gingen für 20 000 Euro weg und die VVIP-Eintrittskarten für die Heimspiele von O. M. wurden nach weiterem guten Zureden vom Podium für 50 000 Euro an den Mann gebracht. Marie-Ange imitierte theatralisch den Jubel eines Torschützen auf dem Fußballplatz, und als einige Männer begeistert zu pfeifen begannen, stimmte ein Chor lachend in das laute Gejohle ein. Marie-Ange war zufrieden, aber noch nicht am Ende. Ihre Kraftreserven mit einem Schluck Champagner auffüllend, ging sie nun zur Hauptattraktion der Versteigerung über, dem altehrwürdigen Bentley. Dieser war wegen des besonderen Anlasses direkt vor dem Haus geparkt worden, wo er bei den eintreffenden Gästen beträchtliche Aufmerksamkeit erregt hatte. Fürwahr eine Luxuslimousine – ein Traum in Perlgrau, die Sitze mit Leopardenfell bezogen und mit einem Sprachrohr ausgestattet, dessen Mundstück aus massivem Gold bestand, um Befehle aus dem Fond an den Chauffeur zu übermitteln. Wie die Eventmanagerin sagte, erinnerte das Interieur unverhohlen an die Identität des Vorbesitzers – einen König.

»Wir hoffen, dass Sie dieses einzigartige Modell in besonderem, in einem ganz besonderen Maß zu würdigen wissen«, fügte sie hinzu. »Ich möchte noch einmal darauf hinweisen, dass der Erlös einem guten Zweck dient, dem Wohl von Marseille. Also, meine Damen und Herren, zücken Sie bitte Ihr Scheckheft. Wie lautet das erste Gebot?«

Die Unterhaltung war verstummt, auf der Terrasse wurde es so still, dass man das Scharren eines zurückgeschobenen Stuhls auf den Steinplatten vernahm. Vronsky erhob sich, den Arm erhoben, die Hand zur Faust geballt. »Auf das Wohl von Marseille!« rief er und schwenkte die Faust. »Ich biete eine Million Euro.«

Nach einigen Sekunden fassungsloser Stille brachen die Gäste auf der Terrasse in tosenden Beifall aus, angeführt von Marie-Ange, die mit wiegenden Schritten zu dem strahlenden Monarchieanhänger eilte und einen Kuss auf seinen beiden Wangen hauchte.

Philippe, dessen journalistischer Instinkt erwacht war und nun auf Hochtouren lief, hatte seinen Schreibblock gezückt und begann, sich Notizen zu machen. »Das würde eine nette kleine Geschichte für *La Provence* ergeben. Sie haben doch nichts dagegen, oder?«, fügte er, an Reboul gewandt hinzu. Dieser lächelte verschmitzt. »Natürlich nicht. Warum machen Sie kein Interview mit ihm? Und falls sich die Gelegenheit bietet, könnten Sie ihm gleich einmal zeigen, wo es nach Moskau geht.«

»Obwohl er sich dort auch kaum noch blicken lassen kann«, fügte Sam zu. Mit dieser geistreichen Bemerkung glaubte er sich endlich empfehlen zu können und zog Elena eilig aus dem Saal heraus. Kaum dass sie sich vor indiskreten Blicken sicher wähnten, küssten und streichelten sie sich, wie in den ersten Nächten ihres Kennenlernens. Es war, als müsste nach all dem snobistischen Getue, das sie umgab, eine zu lang gezähmte Wildheit aus ihnen hervorbrechen und ihr Recht einfordern.

Die Schlagzeile auf Seite drei von *La Provence* lautete *Le Meilleur ami de Marseille* – der beste Freund von Marseille. Der Artikel wurde von einem etwas unscharfem Foto ergänzt, aufgenommen mit Philippes Handykamera; es zeigte Vronsky in Siegerpose, die Arme vor der Brust verschränkt, an seine jüngste Neuerwerbung, den uralten Bentley, gelehnt.

Nach ein paar wohlwollenden Worten über die Wohltätigkeitsveranstaltung und einer Beschreibung der Auktion als Höhepunkt des Abends folgte ein kurzes Interview, bei dem Fragen und Antworten Schlag auf Schlag folgten. Was hatte Monsieur Vronsky mit dem Bentley vor? Was hatte ihn nach Marseille verschlagen? Hatte er geplant, länger zu bleiben? Da auf die letzte Frage ein entschiedenes Ja erfolgte, ergab sich die nächste Frage beinahe von selbst: Wo würde er wohnen? »Ich habe da schon etwas ins Auge gefasst«, erwiderte der Oligarch. »Das ist alles, was ich dazu sage.«

Reboul schnaubte, als er die Zeitung beiseitelegte. »Dieser unverschämte Mistkerl!«, sagte er zu Sam. »Hat schon etwas ins Auge gefasst, aha! Ist Ihnen aufgefallen, wie er nach dem Essen herumgeschnüffelt hat? Er war kurz davor, schon einmal die Länge der Vorhänge auszumessen. *Quel culot!*« Er stapfte davon, von Kopf bis Fuß starr vor Entrüstung.

Sam erspähte Elena, die sich nach ihrem morgendlichen Bad im Pool der Terrasse näherte, und schenkte ihr Kaffee ein. »Was ist denn mit Francis los?«, fragte sie. »Er hat kaum ein ›Guten Morgen‹ über die Lippen gebracht. Hast du irgendetwas gesagt, das ihn verärgert haben könnte?«

Sam hob kapitulierend die Hände. »Ich nicht – aber der Russe.« Er reichte ihr die Zeitung und deutete auf Philippes Artikel. »Lies mal die letzten Sätze – kein Wunder, dass sich Francis' Stimmung auf dem Nullpunkt befindet.«

Elena las und schob die Zeitung beiseite. »Der Kerl hat Nerven! Bildet er sich ein, er könnte Francis derart unter Druck setzen, dass er ihm Le Pharo verkauft?«

Sam zuckte die Achseln. »Wundern würde es mich nicht. Schau dir doch seinen Werdegang an. Im Moment ist er vermutlich überzeugt, dass Francis schwach wird und ihm das Anwesen überlässt, wenn er ihm genug Geld bietet.« Er seufzte und trat näher an Elena heran. Also, was steht heute auf dem Programm? Besichtigungstour? Haussuche? Einkaufsbummel? Sonnenbaden ohne Textilien?«

»Hmh. Ich würde gerne etwas unternehmen, was Francis aufmuntert.«

»Gute Idee. Dann also sonnenbaden ohne Textilien.«

Elena lächelte nachsichtig und legte eine Schweigeminute ein. Als die Unterhaltung fortgesetzt wurde, beschlossen sie, Francis zu einem entspannten Mittagessen zu entführen, ein Vorschlag, der seine Laune auf Anhieb besserte. Sam rief Philippe an und lud ihn ein, sich ihnen in einem

Restaurant namens *Peron* anzuschließen; er reservierte einen Tisch, und kurz nach zwölf stiegen sie ins Auto und fuhren los.

Sie schafften es gerade bis zur ersten Kurve, als sie abrupt zum Stillstand kamen, weil ein Wagen auf der Zufahrt parkte und ihnen den Weg versperrte. Die Kühlerfigur Flying B wies ihn als einen echten Bentley aus. Vronsky stand lässig neben der Limousine, gemeinsam mit jenem glamourversessenen jungen Mann, der beim Galadiner an seinem Tisch gesessen hatte und von Kopf bis Fuß in Leder gekleidet war. Heute trug er ein ärmelloses weißes T-Shirt, das seine tief gebräunten, muskulösen Arme hervorhob, hautenge kurze Wildlederhosen, Motorradstiefel und eine Kamera mit Weitwinkelobjektiv um den Hals.

Als Reboul ausstieg, eilte der Oligarch herbei, um ihn mit einem Lächeln zu begrüßen, die Freundlichkeit in Person. »Mein sehr verehrter Monsieur Reboul, ich hoffe, Sie können uns noch einmal verzeihen.« Er deutete auf seinen Begleiter. »Nikki, mein Leibwächter, wollte ein paar Fotos von Le Pharo für sein Mütterchen machen. Sie wohnt in Minsk und hat in ihrem ganzen Leben noch nie ein solches Bauwerk gesehen.«

Bevor Reboul die Gelegenheit hatte zu antworten, rückte Vronsky näher und schlug einen vertraulichen Ton an. »Ich muss gestehen, dass ich mich in Ihr prachtvolles Anwesen verliebt habe und bereit bin, alles zu zahlen, was Sie dafür verlangen.« Er blickte Reboul an und nickte, die frostigen blauen Augen zu Schlitzen verengt. »Alles, ohne Einschränkung.«

Reboul bemühte sich nach besten Kräften um Selbstbeherrschung. »Ich sagte bereits Ihrem Immobilienmakler, dem werten Vicomte de Pertuis, und wiederhole es noch einmal für Sie, dass Le Pharo nicht zum Verkauf steht. Ich denke, Sie verlassen jetzt besser mein Grundstück. Und zwar auf der Stelle.«

Der Besitzer des Bentleys holte tief Luft. Niemand hatte es je gewagt, so mit ihm zu sprechen, zumindest nicht seit seiner Militärzeit. »Ganz wie Sie wollen«, erwiderte er eisig, machte kehrt und schickte sich zum Gehen an. »Ich hoffe nur, dass Sie Ihre Entscheidung nicht bereuen.«

Reboul kochte innerlich vor Wut, als sie dem Bentley die Zufahrt hinunter folgten, obwohl Sam sich die größte Mühe gab, die Atmosphäre mit seinen Beobachtungen hinsichtlich der Person des Leibwächters Nikki aufzulockern. »Ein schräger Vogel. Gefärbte Haare und rasierte Beine.« Er grinste. »Vielleicht sollte ich mir mal eine Stilberatung von ihm gönnen.« Er wandte sich Elena zu. »Was meinst du, wie würde ich in Hotpants aussehen?«

»Glaub mir, Sam, das willst du lieber nicht wissen. Aber eine Beinrasur solltest du ins Auge fassen.«

Als sie das Restaurant erreichten, schien Reboul beinahe wieder der Alte zu sein. »Ich freue mich, dass Philippe ebenfalls kommt«, sagte er. »Es interessiert mich, was er von dem Russen hält, jetzt, nachdem er das Interview mit ihm gemacht hat.« Er schüttelte den Kopf. »Ich brauche dringend etwas zu trinken.«

Die vier tranken einen Rosé und vertieften sich in die Speisekarte, als zwei vorübereilende Kellner abrupt stehenblieben. *»Putain!«,* sagte der eine zum anderen. »Schau dir das an!« Hinter der Landzunge tauchte nach und nach der gewaltige Rumpf der *Caspian Queen* auf.

Reboul erstickte fast an seinem Schluck Wein. »Schon wieder dieser gottverdammte Russe – ich bin sicher, er verfolgt uns.«

Sam tätschelte seinem Freund die Schulter. »Immer mit der Ruhe, Francis. Hier sind wir in Sicherheit. Er wird keinen Parkplatz für sein Schiff finden.«

Philippe, der ungewöhnlich schweigsam gewesen war, räusperte sich, bevor er in die Runde blickte. »Ich muss euch ein Geständnis machen«, sagte er. Er hielt inne, fühlte sich zweifellos ein wenig unbehaglich. »Er hat mich auf seine Yacht eingeladen.«

Drei Paar Augenbrauen schnellten in die Höhe, als Philippe fortfuhr. »Er rief mich an, um mir mitzuteilen, wie gut ihm mein Artikel über die Auktion gefallen hat. Er möchte, dass ich ein Kurzporträt von ihm verfasse – ›um mich meinen neuen Nachbarn, den Einwohnern von Marseille, vorzustellen‹, wie er sagte.« Philippe hielt inne, um einen Schluck zu trinken. »Deshalb schlug er mir vor, einen Tag oder zwei an Bord seiner Yacht zu verbringen, um ihn besser kennenzulernen. Er wollte jedoch keinen Termin festlegen – weil er im Moment zu viel zu tun hat, wie er erklärte. Aber er meinte, er würde sich bei mir melden, wenn er so weit sei.«

»Was haben Sie ihm geantwortet?«, wollte Reboul wissen.

»Mein erster Impuls war, ihm zu sagen, dass er Leine ziehen soll! Doch dann dachte ich – nun, wenn er versucht, Sie aufs Kreuz zu legen, wäre es für Sie nicht schlecht, einen Spion im feindlichen Lager zu haben. Vielleicht lässt er ja versehentlich etwas verlauten, was Ihnen nützlich sein könnte.«

Reboul nickte bedächtig. »Keine schlechte Idee.« Er wandte sich den anderen zu. »Was denkt ihr?«

Elena und Sam waren ganz seiner Meinung. Reboul hatte schließlich nichts zu verlieren.

»Sagen Sie, Philippe«, fuhr Reboul fort. »Sie haben mehr Zeit mit Vronsky verbracht als wir. Was halten Sie von ihm?«

»Er hat mich an die Politiker erinnert, die mir begegnet sind. Ihr wisst schon: überheblich, selbstgefällig bis zum Abwinken. Aber was ungewöhnlich an ihm ist, das ist diese Eiseskälte. Der würde seine eigene Großmutter ans Messer liefern, wenn es ihm von Vorteil schiene.«

8. KAPITEL

Der Gegenstand dieser angeregten Unterhaltung im Restaurant *Peron* saß auf dem VIP-Deck seiner Yacht und war in ein ernstes Gespräch mit seinem Leibwächter vertieft. Während der gemeinsam verbrachten Jahre, in denen sie ein unzertrennliches Gespann bildeten, hatte Vronsky zunehmend die Erfahrung gemacht, dass auf Nikkis tatkräftige Unterstützung bei der Beseitigung hartnäckiger Probleme Verlass war. Seine Lösungen waren praktisch und umsetzbar, bisweilen gnadenlos, aber stets wirksam. Es bestand kein Zweifel, dass sich das gegenwärtige Dilemma, genau wie alle anderen in der Vergangenheit, aus der Welt schaffen ließ. Die Frage war nur, wie?

Vronsky begann zu dämmern, dass unter Umständen mehr als Geld, in welcher Höhe auch immer, erforderlich war, um Reboul zu einem Sinneswandel zu bewegen und sein Anwesen doch noch zu verkaufen. Er schien tatsächlich reich genug zu sein, um sich nicht vom schnöden Mammon blenden zu lassen.

»Wie wäre es mit Sex?«, schlug Nikki vor. Das war eine Waffe, die er schon oft mit großem Erfolg eingesetzt hatte. »Zum Filmfestival in Cannes reisen immer Dutzende von gut aussehenden Werktätigen aus dem horizontalen Gewerbe an. Eine Dienstleistung in einem Hotelzimmer – brisante Fotos, Erpressung. Das lässt sich problemlos arrangieren.«

Vronsky schüttelte den Kopf. »Vergiss es. Reboul ist ein reicher Mann, der seit Jahren in einer Hafenstadt wie Marseille lebt. Falls er Lust hätte, seine Gespielin zu wechseln, würde er genügend Freiwillige finden, die ihm jeden Wunsch von den Augen ablesen.«

»Und wenn wir ihm einen knackigen Jungen zukommen lassen?«

»Ich glaube nicht, dass er der Typ ist.« Vronsky grinste. »Das solltest du doch am besten wissen.«

Nikki machte ein beleidigtes Gesicht.

Vronsky ging zur Reling hinüber und nahm das Panorama in sich auf: die spiegelglatte, schimmernde Oberfläche des Mittelmeers, den Alten Hafen von Marseille und hoch droben, auf seiner eigenen Klippe thronend, Le Palais du Pharo. Er musste sich eingestehen, dass dieses hochherrschaftliche Anwesen zu einer Leidenschaft ausgeartet war, die an Besessenheit grenzte. Er dachte ständig daran – und malte sich aus, wie es sein würde, es in Besitz zu nehmen. Er war der Ansicht, dass er nur das Beste vom Besten verdiente nach allem, was er in seinem Leben erreicht hatte. Und dieses Palais war einzigartig, sowohl im Hinblick auf seinen Stil als auch auf die Kulisse. Eine solche Immobilie würde er nie wieder finden. Blieb also die Frage, wie sich Reboul gefügig machen ließ, wenn mit Geld, Sex oder Erpressung nichts auszurichten war.

Nikki gesellte sich zu ihm an die Reling. Beide waren sich bewusst, dass es durchaus eine weitere Option mit größerer Erfolgswahrscheinlichkeit gab, eine, die sich bereits früher bewährt hatte. »Ich dachte gerade an diesen Kerl in New York, der mit seinem Fenstersturz ein gewaltiges Chaos auf der Park Avenue angerichtet hat«, sagte Nikki.

»Tragischer Unfall. Sehr bedauerlich.« Einen Moment lang herrschte Schweigen, obwohl sich die Trauer der beiden Männer ganz offensichtlich in Grenzen hielt. »Aber wie kommst du darauf? Schwebt dir etwas Bestimmtes vor?«, hakte Vronsky nach.

»Vielleicht ein weiterer tragischer Unfall. Unfälle ereignen sich schließlich überall auf der Welt.« Nikki wandte dem atemberaubenden Panorama den Rücken zu, um Vronsky mit Unschuldsmiene und fragend in die Höhe gezogenen Augenbrauen anzuschauen.

»Ich werde darüber nachdenken«, erwiderte Vronsky.

»Natürlich müssten wir zuerst ein wenig mehr über Rebouls Gewohnheiten in Erfahrung bringen – wo er Zerstreuung sucht, ob er einen Leibwächter hat, ob er irgendwelche gefährlichen Hobbys pflegt, mit wem er ins Bett geht, welche Restaurants er besucht, solche Dinge eben. Man kann nie wissen, welche Informationen irgendwann einmal nützlich sein könnten.

Vronsky seufzte. Früher, in Russland, zu seiner Zeit, wäre so etwas viel einfacher gewesen.

Später am Abend, als in Marseille die Lichter angingen, kehrte Vronsky an Deck zurück, rauchte eine Zigarre und versenkte sich abermals in die Betrachtung von Le Pharo. Falls überhaupt möglich, wirkte das Palais bei Nacht, wenn die Fassade in sanft schimmerndes Licht getaucht war, noch grandioser. Er konnte sich genau vorstellen, wie er dort schaltetet und waltete – als charmanter Gastgeber, der elegante Frauen und ihre wohlhabenden, einflussreichen Begleiter zu einem Festbankett einlud. In seiner Familie hatte er immer als der Unbegabte gegolten, sein Bruder und seine Schwester hatten ihn mit ihren musikalischen Talenten ausgestochen, aber heute führten sie unbedeutende Leben, die eine als Klavierlehrerin und Aushilfsmusikerin, der andere als schlecht bezahlter Concierge in einem piekfeinen Hotel. Sie bettelten ihn regelmäßig um Geld an, worauf er anfangs nonchalant eingegangen war, doch ihre Dankesbezeugungen waren ihm zu lau, zu pflichtschuldig gewesen, und so hatte er den Kontakt abreißen lassen. Von einem Bekannten wusste er allerdings, dass sein Bruder mittlerweile ein Alkoholiker war. Sobald er Le Pharo gekauft hatte, würde er Bruder und Schwester einige Fotos von seinem neuesten Besitz zukommen lassen, dann würden sie vor Neid erblassen. Und er selbst würde auf Festivitäten, die er zu veranstalten gedachte, ein wenig das Tanzbein schwingen – der Ballsaal von Le Pharo bot Platz genug. Alles, was zwischen ihm und seinem glamourösen Lebensstil stand, war dieser starrsinnige Franzose.

Nikkis Lösung, die Bedingungen für einen tragischen Unfalltod zu schaffen, war der letzte Ausweg, wie Vronsky zugeben musste. Dass keine anderen Optionen mehr zur Verfügung standen, vereinfachte die Entscheidung: entweder Nikki von der Leine lassen oder jedwede Chance auf die Verwirklichung seines Traumes begraben. Für einen Moment fragte er sich, ob es sich lohne, für etwas, das man unbedingt in seinen Besitz bringen wollte, einen Mord zu riskieren. Aber wenn er ehrlich zu sich selbst war, so musste er zugeben, dass sich der Mut, zum äußersten Mittel zu greifen, wenn es um die Beseitigung problematischer Geschäftspartner ging, bisher immer ausgezahlt hatte. Das Ergebnis war jeweils zu überzeugend gewesen, um noch Raum für moralische Bedenken zu lassen. Und was diesen Francis Reboul betraf: Er hatte ihm die Dringlichkeit seines Begehrens deutlich genug vermittelt, er war bereit, ihn mehr als fair zu bezahlen, warum beugte er sich nicht einfach seinem Willen? Warum ließ er ihn so deutlich spüren, dass er für ihn nur ein unzivilisierter Protz war, dem die feinen Manieren und der Sinn für französische Kultur fehlte? Der Mann war eindeutig lebensmüde – oder bedauernswert naiv.

Vronsky gähnte, reckte sich und traf eine Entscheidung. In dieser Nacht schlief er wie ein Murmeltier.

Reboul nahm auf dem Beifahrersitz Platz, während Olivier, sein Chauffeur, seine Sonnenbrille zurechtrückte, bevor er sich in den frühmorgendlichen Verkehr in Richtung Alter Hafen einfädelte. Sie fuhren zu dem kleinen, heruntergekommenen Gebäude, in dem sich Rebouls Büro befand. Angesichts der schäbigen Außenfassade waren die Besucher stets erstaunt über das Interieur, das tipptopp gepflegt, bequem und ultramodern eingerichtet war. Das einzige altertümlich anmutende Inventar inmitten der stilvollen Eames-Stühle, dem auf Hochglanz polierten Teakholzschreibtisch und den Beistelltischen war ein sechzig Jahre alter Schatz, Rebouls Sekretärin Madame Giordano, die in seinen Diensten stand, seit er vor dreißig Jahren als Jungspund sein erstes Unternehmen gegründet hatte. Madame G., wie sie gemeinhin genannt wurde, betete Reboul an, hatte seinen

Terminkalender voll im Griff und behandelte ihn generell mit jener Geduld und Nachsicht, die eine Mutter gegenüber einem heißgeliebten, doch häufig irregeleiteten Kind walten lässt.

Olivier fuhr langsamer und schickte sich gerade an, vor dem Büro zu halten, als ihm Reboul auf die Schulter tippte. »Fahr weiter«, sagte er. »Ich möchte etwas überprüfen. Siehst du den weißen Peugeot hinter uns? Er hatte auf der Straße vor Le Pharo geparkt, als wir losfuhren. Er ist mir aufgefallen, weil der Seitenspiegel jeden Augenblick abzufallen droht und mit schwarzem Klebeband repariert wurde. Der Wagen ist uns die ganze Zeit gefolgt, ein seltsamer Zufall, findest du nicht? Ich habe das Gefühl, dass wir beschattet werden.«

Olivier warf einen kurzen Blick in den Rückspiegel. »Soll ich ihn abhängen?«

»Nein – mach ihm nur ein bisschen Dampf.«

Es gab nichts, was Olivier mehr Vergnügen bereitete als waghalsige Verfolgungsjagden, sei es als Jäger, sei es als Gejagter, und so er legte los, brauste kreuz und quer durch das Labyrinth der Seitenstraßen und Gassen, wobei er oft eine Kehrtwende machte und gelegentlich das Umspringen der Ampeln von Rot auf Grün kühn antizipierte, wobei ihm nicht immer alle Verkehrsteilnehmer folgen konnten, was zu Missverständnissen und auch zu etwas schrillen Hupkonzerten führte. Der Peugeot aber ließ sich von alldem nicht beirren, war nie weiter als fünfzig Meter hinter ihnen.

»Der Kerl fährt wie der Teufel«, meinte Olivier anerkennend. »Und Sie hatten recht. Er folgt uns, ohne jeden Zweifel.«

Schließlich gelang es ihnen doch noch, ihn abzuhängen, indem sie den Boulevard Charles Livon verließen und zum Cercle des Nageurs fuhren, einem exklusiven Club für Wassersportfreunde nicht weit vom Le Pharo entfernt, der Nichtmitgliedern, die in Rostlauben wie dem weißen Peugeot vorfuhren, den Zutritt zu verwehren pflegte. Reboul rief Madame Giordano an, um ihr mitzuteilen, dass er heute nicht ins Büro kommen werde; dann nahm er mit einer Tasse Kaffee an einem Tisch neben dem Schwimmbecken Platz. Tief in Gedanken versunken, sann er darüber nach, wer ihm gefolgt sein könnte und warum. Er nahm sein Smartphone und begann, Hervés Nummer einzutippen, hielt dann inne und schalt sich selbst, weil er sich wie eine Memme aufführte. Allerdings überraschte es ihn in Anbetracht der Umstände nicht, dass er ein ungutes Gefühl hatte.

Geraume Zeit später saß Nikki am Tisch eines Straßencafés, genoss die Nachmittagssonne und starrte auf den Alten Hafen. Er hatte sich dem Dresscode der Stadt angepasst und die kurzen Hosen und Motorradstiefel durch die Einheitskleidung eines Gentleman auf Urlaub ersetzt: makellos saubere, perfekt gebügelte lange Baumwollhosen, ein weißes Leinenhemd und einen Panamahut mit breiter Krempe. Nikki nippte ungeduldig an seinem Milchkaffee, bis er endlich kam: ein drahtiger, etwa vierzig Jahre alter Mann mit großen Ohren, die abstanden wie Radarschüsseln. Er trug eine braune Baumwollhose und ein langärmeliges T-Shirt mit einem für die Jahreszeit zu warmen Jackett darüber. Grußlos nahm er gegenüber Nikki Platz und blickte gleichgültig auf den Hafen.

Wo in seiner Jugend noch Fischerboote verstaut gewesen waren, dümpelten nun kleine Yachten vor sich hin, und die Werkshallen, in denen sein Vater und dessen Brüder gearbeitet hatten, waren Industriedenkmäler geworden, an denen sich die zahllosen Touristen ergötzten. Und er, Rocca, musste sich seinen Lebensunterhalt damit verdienen, im Auftrag irgendwelcher Winkeladvokaten im Privatleben seiner Mitbürger herumzuschnüffeln oder »Ermittlungen im Rahmen der Beweiserhebung« durchzuführen, wie die Reichen es auszudrücken beliebten.

Kürzlich hatte er auf Nikkis Geheiß den »Ehemann einer Klientin« observiert, der ein beträchtliches Vermögen besaß und sich allem Anschein nach eine Geliebte und ein Liebesnest zugelegt hatte. Eine Scheidung und eine Abfindung in mehrstelliger Millionenhöhe lagen im Bereich des Möglichen, doch zuvor war es unerlässlich, Beweismaterial gleich welcher Art herbeizuschaffen. Nun hatte man ihn auf Reboul angesetzt. Jeder hier in Marseille kannte Francis Reboul, aber obwohl er so reich war, höre man kaum Schlechtes über ihn.

»Also? Wo war er?«, wollte Nikki wissen.

Rocca zuckte die Achseln und stärkte sich mit einem kräftigen Schluck Pastis. »Frag lieber, wo er nicht war. Er ist in allen nur erdenklichen Nebenstraßen herumgekurvt, unten an den Docks und danach oben in der Nähe von Le Pharo, wo ich ihn aus den Augen verlor; genauer gesagt, wo er mich verlor. Er ging in diesen feinen Club, den Cercle des Nageurs – die sind ganz groß mit Wasserpolo. Einen wie mich lassen sie da nicht einmal auf den Parkplatz. Also wartete ich draußen, leider vergebens. Keine Spur von ihm weit und breit.«

»Dieser Mistkerl! Offenbar war er dort mit einer Mätresse verabredet«, sagte Nikki. »Was soll ich nur der armen betrogenen Ehefrau sagen?« Erneutes Achselzucken von Rocca. Für wie dumm hielt dieser Nikki ihn eigentlich. Jeder in Marseille wusste, dass Reboul nach dem Tod seiner Frau, der einen Schmerz wie von einer Harpune, die sich nicht herausziehen ließ, bei ihm verursacht haben sollte, nicht wieder geheiratet hatte.

»Glaubst du, er hat gemerkt, dass du ihm gefolgt bist?«, fragte der Russe.

»Ich glaube nicht. Aber wenn ich ihn weiterhin beschatten soll, brauche ich ein anderes Fahrzeug, möglichst kein so altersschwaches Gefährt wie diesen weißen Peugeot, der jeden Moment auseinanderzufallen droht.«

Nikki nickte und schob einen Umschlag über den Tisch. »Nimm dir einen Leihwagen. Schreib genau auf, wohin der Monsieur fährt, und ruf mich jeden Abend an, um Bericht zu erstatten.«

Elena und Sam hatten beschlossen, ein wenig Zeit in die Suche nach einem Ferienhaus zu investieren, und einen Termin bei einer Immobilienfirma ausgemacht, die im Luberon ansässig war, ungefähr eine Autostunde von Marseille entfernt. Laut Philippe war diese Region der Provence wegen ihrer spektakulären Landschaft und bezaubernden mittelalterlichen Dörfer zu einem gefragten Touristenziel geworden. Nicht zu vergessen, dass sie angesichts der göttergleichen Verehrung, die man heute Prominenten entgegenbrachte, gleichermaßen als Tummelplatz des Jetsets bekannt war, eine höchst willkommene Invasion, die jeden Sommer stattfand:

Hier gaben sich Filmstars und Filmregisseure, Rockmusiker, Angehörige der Pariser Schickeria und gelegentlich ein hochrangiger Politiker ein Stelldichein, ausnahmslos in der Hoffnung, trotz ihrer undurchdringlichen Sonnenbrillen erkannt zu werden. Philippe hatte ihnen erzählt, dass das Gesellschaftsmagazin *Gala* im Sommer eigens einen Korrespondenten in diese vormals unberührte Gegend abzukommandieren pflegte, der sich im Umfeld der Reichen und Schönen auf die Lauer legte, um sie bei ihren Freizeitaktivitäten zu beobachten und, mit ein wenig Glück, bei einem Fauxpas oder Fehltritt zu erwischen. Doch wenn man dieser geschlossenen Gesellschaft und ihrem bunten Treiben aus dem Weg ging, hatte Philippe hinzugefügt, sei der Luberon ein malerisches, geruhsames Fleckchen Erde.

»Malerisch ist es hier wirklich«, erklärte Elena. Sie waren durch die Schlucht Combe de Lourmarin gefahren, auf einer schmalen, in engen Serpentinen verlaufenden Straße durch das Gebirge, der einzigen Verbindung zwischen der in Mode gekommenen Nordseite des Luberon und der Südflanke mit ihren stilleren, weniger berühmten Dörfern. Das Büro der Immobilienmaklerin, mit der sie verabredet waren, befand sich in Gordes, bisweilen die heimliche Hauptstadt und Sommerresidenz der *Beau Monde* genannt, eine Ansammlung von Kalksteingebäuden mit morbidem Charme, deren unverwüstliche Fassaden im Laufe der Jahrhunderte unter der gnadenlosen Einwirkung von Sonne und Mistralwinden ein leicht verwittertes Aussehen angenommen hatten. Das Dorf thronte wie ein Adlerhorst auf einem Felsen, bot ein atemberaubendes Panorama und war gerade erst aus dem Winterschlaf erwacht.

Englische, amerikanische, deutsche und japanische Touristen, Studenten aus der nahe gelegenen Kunstakademie in Lacoste – alle waren angerückt und zückten die Kamera angesichts der Vielfalt kurioser, altertümlicher Kopfsteinpflastergassen oder des obligatorischen Ureinwohners, mit dem es zu posieren galt. Elena und Sam bahnten sich einen Weg durch die Menschenmenge, auf der Suche nach dem Büro der Immobilienmaklerin, das sich in einer der steilen, von der Place du Château abgehenden Straßen verbarg – einer Trutzburg aus dem elften Jahrhundert, die in jedem Reiseführer erwähnt wurde.

Das Büro war nur durch einen Torbogen zugänglich, der zu einem hohen, schmalen Haus führte, an dem sich Glyzinien hinunterrankten; die Fensterläden waren zum Schutz vor der Sonne halb geschlossen. Das glänzende Messingschild an der Eingangstür besagte, dass sich hier die Niederlassung von *Verrine* befand, *Immobilier de Luxe,* unschwer an dem Schaukasten mit Glasfront auf dem Mauerwerk neben der Tür zu erkennen, in dem Fotografien von einem Dutzend ansehnlicher Immobilien aufgereiht waren, wenngleich ohne den geringsten Hinweis auf den Preis. Dieses sensible Thema pflegte man, wie Elena und Sam feststellen sollten, in einem vertraulichen Gespräch zu erörtern.

Während sie die Fotos betrachteten, wurde die Eingangstür geöffnet und gab den Blick auf die Immobilienmaklerin frei, Madame Verrine höchstselbst in ihrer ganzen beträchtlichen Pracht; sie begrüßte Elena und Sam und beglückwünschte sie zu ihrer Pünktlichkeit, die in der Provence nicht den Gepflogenheiten entsprach, wie sie erklärte. Später würde Elena Madame Verrine als Fregatte mit Vollschiffbetakelung beschreiben – hochgewachsen, ausladend, in den Fünfzigern, die fülligen Proportionen in wogende, farbenfrohe Seide gehüllt, Hals und Handgelenke mit blinkendem Goldschmuck behangen, während das pralle Gesicht Zeugnis von den verjüngenden Eigenschaften einer gekonnten Schönheitschirurgie ablegte.

»Ah ja«, sagte sie, als sie die beiden in ihr Büro führte. »Sie sind Amerikaner, richtig? Kein Problem. Dann sprechen wir Englisch.« Sie deutete auf zwei Besucherstühle, bevor sie sich dekorativ hinter dem Schreibtisch niederließ.

»Das kommt mir sehr entgegen«, erwiderte Elena, die ihren Französischkenntnissen immer noch nicht so recht über den Weg traute.

»Nichts leichter als das. Hier in Gordes ist Englisch die Zweitsprache. Kommen wir zur Sache: Als Erstes muss ich Sie fragen, ob Sie ein Budget festgelegt haben.«

»Ein überaus flexibles«, räumte Sam ein. »Kommt darauf an, was Sie uns bieten können. Sie wissen ja, der Kauf eines Hauses ist eine emotionale Angelegenheit. Wenn wir uns in eine Immobilie verlieben – nun, der Himmel auf Erden kennt keine Grenzen. Geld ist ein Thema, mit dem wir uns nur am Rande beschäftigen sollten.«

Geld war genau das Thema, das Madame Verrine in erster Linie beschäftigte, doch sie nahm die Enttäuschung mit Fassung und heldenhafter Miene hin, schlug einen dicken Katalog auf und schob ihn über den Tisch. »Hier sehen Sie einen Teil der Immobilien aus meinem Angebot.« Sie tippte mit einem scharlachroten Fingernagel, der einer Kralle glich, auf die ersten Fotos. »Sagen Sie stopp, sobald Sie etwas entdecken, was Sie interessiert.« Doch das war leichter gesagt als getan. Mitgerissen von ihrem lebhaft sprudelnden, erzählerischen Fluss, setzte Madame ein Verkaufsgespräch in Gang, das sich jeder Unterbrechung widersetzte. Wie Reboul vorausgesagt hatte, gab es *charme fou* in Hülle und Fülle, dicht gefolgt von Immobilien mit außergewöhnlichem Potenzial, Immobilien, die fantastische Investitionschancen boten, und Immobilien von Prominenten, Paare oder frisch geschieden, die in einem höheren bzw. niedrigeren Segment des Marktes eine neue Bleibe suchten. Alle waren ausnahmslos *affaires à saisir,* veritable Schnäppchen vor Beginn der Hochsaison im Juli und August, wenn das Fluchtkapital aus Paris eintraf und ein Kampf um die begehrten – buchstäblich heiß umkämpften – Immobilien entbrannte.

Gegen Ende des Vormittags, noch benommen vom verbalen Sperrfeuer, mit dem Madame Verrine sie pausenlos unter Beschuss genommen hatte, konnten sie allein aufgrund des Versprechens, alles in Ruhe zu überdenken und sich wieder bei ihr zu melden, entkommen.

»Wow«, seufzte Elena. »Meine erste Begegnung mit einer französischen Immobilienmaklerin. Glaubst du, dass sie alle so sind?«

»In der Branche herrscht ein beinharter Wettbewerb. Ich habe allein in diesem Dorf fünf Maklerfirmen entdeckt. Vermutlich muss man da von Haus aus in der Lage sein, den Kunden auf die Sprünge zu helfen. Andernfalls sollte man sich einen leichteren Broterwerb suchen, beispielsweise illegale Aktivitäten. Was meinst du, sollen wir das Restaurant ausprobieren, das Philippe uns fürs Mittagessen empfohlen hat?«

La Vieille Grange war, nach fünfzig Jahren Dienst als Vorratsspeicher und Abstellplatz für Traktoren, von einem jungen Paar namens Karine und Marc übernommen und in ein Restaurant der althergebrachten Art umgewandelt worden: mit einer übersichtlichen Speisekarte, moderaten Preisen, frischen landwirtschaftlichen Produkten, Wein und Käse aus der Region und einem Ambiente, dem jegliche Anmaßung fehlte. Kellner mit weißen Handschuhen hätten sich hier fehl am Platz gefühlt – zumal diese Position bereits an Karines Onkel Joseph vergeben war.

Das Gebäude, lang und niedrig, befand sich am Ende eines schmalen Feldwegs, der von der Verbindungsstraße zwischen den Dörfern Lourmarin und Lauris abzweigte, und lag auf der beschaulicheren Südseite des Luberon-Gebirges. Wer die Strecke regelmäßig fuhr, hätte vielleicht bemerkt, dass der Acker neben der Scheune zur Mittagszeit ständig mit Autos zugeparkt war.

Sam stellte den Wagen neben einem bereits von Rost befallenen Citroën Berlingo ab. Die windschnittigen Limousinen glänzten hier ebenso durch Abwesenheit wie die ausländischen Autokennzeichen. Nach einem kurzen Fußmarsch erreichten sie die Scheune. Kaum hatten sie die Tür geöffnet, wurden sie auch schon vom munteren Geplätscher der regionalen Mundart empfangen. Das Restaurant schien sich als Treffpunkt der heimischen Bevölkerung etabliert zu haben. Obwohl es erst kurz nach zwölf war, waren beinahe alle Tische besetzt. Karine hieß die Neuankömmlinge mit einem Lächeln willkommen, wies ihnen einen Ecktisch für zwei Personen zu, reichte jedem eine kleine Speisekarte und empfahl an einem heißen Tag wie diesem eine Karaffe Rosé.

Der lange, rechteckige Raum war anheimelnd rustikal eingerichtet; die Tische und Stühle waren schlicht und praktisch, die Tischdecken aus Papier, statt Weingläsern gab es bruchfeste Trinkbecher. »Hier gefällt es mir«, erklärte Sam. »Man spürt sofort, die meisten sind Stammgäste – sie scheinen sich alle zu kennen.«

Elena schenkte den Wein aus einem glasierten Keramikkrug ein, an dem die Tropfen abperlten. »Wenn ich richtig höre, spricht hier niemand Englisch«, sagte sie ängstlich. »Hast du das nicht auch dasGefühl, dass wir die einzigen Ausländer sind?«

Sam blickte von der Speisekarte hoch und nickte. »Ja, habe ich. Macht doch nichts. Hier gefällt es mir ganz entschieden. Schau mal, es gibt *velouté d'asperges* – jetzt ist die beste Jahreszeit für Spargel. Und gebratene Entenbrust, mit grünen Oliven gefüllt. Das nehme ich.« Er legte die Speisekarte beiseite, hob sein Weinglas und prostete Elena zu. »Wozu selbst kochen, wenn es Restaurants mit Sterneküche gibt?«

Elena lächelte. Die Begeisterung, die Sam in seinen *Bonviveur*-Momenten an den Tag legte, wirkte ansteckend. »Überredet«, erwiderte sie. »Ich nehme das Gleiche.«

Nachdem die wichtigsten Entscheidungen getroffen waren, wandte sich die Unterhaltung Madame Verrine und ihrem scheinbar unerschöpflichen Immobilienbestand zu. Es dauerte nur fünf Minuten, bis sich Elena ein wenig zögernd über den Tisch beugte und Sams Hand ergriff. »Ich hoffe, es ist keine allzu große Enttäuschung für dich, doch beim Anblick all dieser abgeschiedenen Landhäuser ist mir eines klar geworden: Ich bin eine Großstadtpflanze – ich brauche Menschen, Straßen und Geschäfte ringsum, die Geräusche einer lebendigen Metropole, das Gewusel, das dort herrscht. Ich bezweifle, ob ich mich mit so viel Ruhe und Beschaulichkeit auf Dauer anfreunden könnte. Zugegeben, die Landschaft ist ein Traum und fantastisch für ein Wochenenddomizil, aber ... Sie verstummte und drückte Sams Hand. »Ich denke, du weißt, was ich meine.«

Bevor Sam antworten konnte, nahte Onkel Joseph und stellte mit einem gemurmelten *bon appétit* einen Korb mit ofenwarmem Brot und zwei tiefe Suppenschalen mit dem ersten Gang vor sie hin. Der Begriff Spargelsuppe war zu tief gestapelt, um den Inhalt zu beschreiben, der köstlich duftete und glatt war wie blassgrüner Samt, verziert mit einem großzügig bemessenen Spiralmuster aus Sahne.

»Immer eins nach dem anderen«, sagte Sam, den Elenas Geständnis nicht sonderlich überrascht zu haben schien. »Lass uns das Essen genießen, solange es warm ist, danach kommen wir auf die Immobilienfrage zurück.« Er beugte sich über die Schale, atmete tief ein, verdrehte verzückt die Augen, rührte die Sahne unter und führte den ersten Löffel zum Mund. »Sagenhaft. Und mehr als das: Da es sich um deinen ersten Spargel in diesem Jahr handelt, darfst du dir etwas wünschen. Eine alte provençalische Tradition.«

Elena war zu beschäftigt, um zu antworten, und erst als die Schalen leer und die letzten Tropfen mit einem Stück Brot aufgetunkt waren, ergriff sie das Wort. »Allem Anschein nach bist du nicht besonders enttäuscht, Sam. Oder?«

»Nein. Nein, bin ich nicht. Aus meiner Perspektive ist die Provence ein Paradies auf Erden, aber nicht *unser* Paradies. Ich fühle mich sehr wohl in der Großstadt, solange wir hin und wieder an einem Ort wie diesem ausspannen können. Was würdest du denn von einer Ferienwohnung in Marseille halten?«

Elenas strahlende Miene war alles, was Sam als Antwort brauchte, und für den Rest der Mahlzeit – eine Entenbrust zum Niederknien, ein cremiger, noch ein wenig feuchter Ziegenkäse, eine federleichte Apfeltarte – drehte sich das Gespräch ausschließlich um Marseille. Genauer gesagt, Elena redete und Sam hörte zu. Die Lage der Stadt sei einmalig, erklärte sie: nur eine Stunde von der ländlichen Idylle entfernt, in unmittelbarer Nachbarschaft von Cassis, das sie beide liebten, nicht zu weit weg von Saint-Tropez und der Riviera, wenn sie die Lust auf einen Schuss Glamour überkam und, als unbezahlbare Dreingabe, zwei Ortskundige wie Francis und Philippe, die ihnen zeigen konnten, wo's langging.

Obwohl sie gar nicht gefunden hatten, was sie zu suchen gemeint hatten, fuhren sie in euphorischer Stimmung nach Marseille zurück, wie es ja oft der Fall ist, wenn eine außergewöhnliche Entscheidung unter dem Einfluss eines exzellenten Mittagessens und einem oder zwei Gläschen Rosé getroffen wird.

9. KAPITEL

Stellen Sie sich vor, Francis – wir werden bald Nachbarn sein!« Reboul blickte von seinem Schreibtisch auf, als Elena aufgeregt in den Raum stürmte und sich zu ihm hinabbeugte, um ihn auf die Stirn zu küssen. »Wir haben beschlossen, uns eine Bleibe in Marseille zu suchen. Ist das nicht fantastisch?«

Mit einem strahlenden Lächeln, das seine Miene erhellte, erhob sich der Besitzer des Palais du Pharo und erwiderte den Kuss. »Das ist eine Neuigkeit, die mich sehr glücklich macht. Und wie der Zufall will, steht draußen auf der Terrasse eine Flasche Champagner, die darauf wartet, geleert zu werden. Wo steckt Sam?«

Als dieser sich zu ihnen auf die Terrasse gesellte, hatte Reboul die Flasche bereits geöffnet und die Gläser gefüllt. »Lasst uns anstoßen«, sagte Sam und hob sein Glas. »Auf Marseille, auf eine gute Zeit und vor allem, auf unsere Freundschaft. Vielen Dank für alles, Francis.«

»Keine Ursache«, erwiderte Reboul. »Ich freue mich unsäglich, aber eines wüsste ich gerne – was ist aus Ihrem Vorhaben geworden, sich im Luberon niederzulassen?«

»Ach ja. Das ist zweifellos ein herrliches Fleckchen Erde, geradezu traumhaft. Aber wir haben festgestellt, dass wir beide nicht fürs Landleben geschaffen sind. Wir sind Stadtmenschen. Elena hat absolut recht – ein beschauliches Leben in einem entlegenen Bauernhaus, in dem wir zuschauen, wie der Lavendel wächst, würde uns vermutlich den letzten Nerv rauben.«

Reboul nickte. »Ich weiß, was Sie meinen. Mein altes Gestüt in der Camargue ist ein Segen, genau drei Tage lang. Dann spiele ich aus lauter Verzweiflung mit dem Gedanken, die Pferde auf einen Drink einzuladen.«

Während sie fortfuhren, ihr Vorhaben zu erörtern und Elena mindestens hundert Fragen über dies und das stellte – angefangen von der Grundausstattung, zu der ein absolut unerlässlicher Meerblick gehörte, bis hin zu den verschiedenen Stadtvierteln, die angesagt waren –, wurde offenkundig, dass Reboul etwas auf dem Herzen hatte. Er wirkte geistesabwesend und zunehmend bedrückt in einem Ausmaß, dass sich Elena mitten im Satz unterbrach.

»Francis, alles in Ordnung mit Ihnen?«

Reboul schüttelte den Kopf und seufzte. »Verzeihen Sie mir. Es ist dieser idiotische Russe, der mir keine Ruhe lässt – ich habe gerade einen Bericht von den Leuten aus Paris erhalten, die den Auftrag hatten, Oleg Vronsky und seine Geschäftsmethoden genauer unter die Lupe zu nehmen, und die Nachricht ist alles andere als gut.« Er stand auf, ging ins Haus und kehrte mit einer dünnen Mappe zurück. »Alle Einzelheiten sind hier lückenlos aufgeführt, aber es sieht ganz so aus, als hätten seine unternehmerischen Aktivitäten in den meisten Fällen fatale Folgen für jemanden gehabt.«

Er öffnete das Dossier und breitete die Unterlagen auf dem Tisch aus. »Es geht dabei nicht nur um die sogenannten

Unfälle in Afrika und Russland – über die wir anfangs Witze gemacht haben, wenn ich mich recht erinnere –, sondern auch um die gleichermaßen ominösen Ereignisse am Amazonas und in der Arktis. In beiden Fällen erlagen Vronskys Konkurrenten …, nun, sagen wir mal, den schwerwiegenden Nebenwirkungen des Wettbewerbs.« Er hob den Blick und fuhr sich mit der Handkante quer über die Kehle. »Und nicht zu vergessen der Zwischenfall in New York, der Fenstersturz.« Er hielt inne, um sich mit einem Schluck Champagner zu stärken.

Sam runzelte die Stirn. »Wie hat die Polizei angesichts dieser seltsamen Häufung von Zufällen reagiert?«

Reboul tippte auf die Seite, die vor ihm lag. »Es wurden Ermittlungen durchgeführt, heißt es hier zumindest. Allerdings gab es ein Problem: Vronsky hielt sich zu dem Zeitpunkt, als die Leute zu Tode kamen, immer außer Landes auf, teilweise sogar auf einem anderen Kontinent.« Reboul zuckte die Schultern. »Wie weist man also jemandem ein Verbrechen nach, der sich gar nicht am Tatort befunden hat? Man kann so viele Verdachtsmomente und Theorien haben, wie man will, doch das reicht nicht aus, um jemanden festzunageln. Dazu bedarf es hieb- und stichfester Beweise.«

Elena nahm die Champagnerflasche aus dem Eiskübel und füllte die Gläser auf. »Diese Leute, die den Bericht erstellt haben – haben die Ihnen empfohlen, wie Sie jetzt vorgehen sollten?«

»Ihm aus dem Weg gehen, lautet ihr Rat. Und nicht zu vergessen, dass immer dann Gefahr in Verzug sein könnte, wenn er sich in sicherer Entfernung zu seinem Opfer befindet.«

Reboul schloss die Mappe und tat sein Bestes, um sich ein Lächeln abzuringen. »Deshalb wird es unumgänglich sein, ihn im Auge zu behalten, um Aufschluss über seine Reisepläne zu gewinnen.«

Erst später, beim Abendessen, das die Haushälterin Claudine liebevoll vorbereitet hatte, erwähnte Reboul, dass ihm am Morgen ein Wagen gefolgt war. Er versuchte, die Sache zu verharmlosen, doch an diesem Abend gingen drei Personen sorgenvoll zu Bett.

Der Optimismus kehrte am nächsten Tag mit der Morgensonne zurück, bei Sam zumindest. Er achtete darauf, in Rebouls Gegenwart nicht allzu sorglos zu erscheinen, doch er vergeudete keine Zeit mit langen Vorreden und begann, ihm seine Idee zu erläutern. »Wie wäre es, wenn wir heute Vormittag die Plätze tauschen?«, schlug er vor. »Sie leihen mir Olivier und Ihre Limousine, und dann werden wir ja sehen, ob unserem Freund im Peugeot wieder der Sinn nach einer Verfolgungsjagd steht. Wenn ja, werde ich ihn mir gerne einmal zur Brust nehmen.«

Reboul beugte sich vor und tätschelte Sams Wange. »Sie sind ein wahrer Freund, Sam. Vielen Dank, aber ich sage nein. Das ist mein Problem, und ich möchte Sie keinesfalls hineinziehen.«

»Francis, ich glaube, das verstehen Sie nicht – eine kleine Herausforderung wie diese bereitet mir großes Vergnügen. Abgesehen davon«, er wedelte mit dem Zeigefinger vor Rebouls Nase herum, »bin ich dann bei Elena aus dem Schneider. Mimi und sie haben geplant, den ganzen Tag lang die Immobilienmakler von Marseille abzuklappern, was ihnen Spaß zu machen scheint, doch ich persönlich bin nach dem

Besuch bei Madame Verrine allergisch gegen Lobeshymnen auf geschickt arrangierte Steinhaufen. Eine Verfolgungsjagd wäre für mich weniger nervenaufreibend und damit die reinste Erholung.« Er hielt inne, als er den Eindruck hatte, dass Rebouls Widerstand zu erlahmen begann. »Also, was ist, abgemacht?«

»Aber dieser Kerl würde doch mit Sicherheit erkennen, dass jemand anders im Auto sitzt!«

»Das bezweifele ich. Alles, was er zu Gesicht bekommen hat, war Ihr Hinterkopf, und das aus dreißig oder vierzig Metern Entfernung. Was er wiederkennt, ist Ihr Wagen.« Sam grinste. »Geben Sie es getrost zu – Ihnen sind die Argumente ausgegangen.«

Reboul stand auf und starrte aus dem Fenster. »Also gut. Aber Sam, Sie müssen mir versprechen, nichts zu unternehmen, was gefährlich werden könnte.«

»Ja, Papa.«

Olivier war hocherfreut über die Aussicht auf eine Unterbrechung des üblichen Pendelverkehrs zwischen Rebouls Anwesen und seinem Büro.

»Falls uns dieser Typ tatsächlich folgt«, sagte Sam, »wäre ich Ihnen sehr verbunden, wenn wir unterwegs irgendwo anhalten würden, wo ich ungestört mit ihm reden kann. Kennen Sie zufällig irgendeinen Ort, der die nötige Abgeschiedenheit bietet?«

Der Chauffeur rückte seine Sonnenbrille zurecht, während er angestrengt nachdachte. »*Pas de souci,* kein Problem. Ich habe schon eine Idee.« Er zückte sein Handy. »Geben Sie mir eine Minute Zeit.«

Als er das Telefonat beendet hatte, erklärte er seine Idee. Er hatte sich gerade mit Ahmed in Verbindung gesetzt, dem Gärtner von Le Pharo, ein herzensguter Mann, der aber von so hohem Wuchs und so kräftiger Gestalt war, dass er Fremden automatisch Furcht einflößte. Falls sie tatsächlich verfolgt würden, wollte er sich erneut mit Ahmed in Verbindung setzen, ihm die genauen Koordinaten des Treffpunkts durchgeben und ihn bitten, sich an den Verfolger zu heften, der dann die Füllung in einem dreilagigen Autosandwich abgeben würde. »Danach geht es nur noch darum, ein geeignetes Plätzchen für den Meinungsaustausch zu finden, *et voilà*.«

Sam war beeindruckt. »Klingt sehr professionell. Haben Sie so etwas schon einmal gemacht?«

»Oh, ein oder zwei Mal. Bevor ich in Monsieur Francis' Dienste getreten bin, war ich Polizist. Ich habe sogar noch meine Dienstwaffe.« Er legte die Finger an die Lippen. »Doch das bleibt *entre nous*.«

Als sie die Einfahrt verließen, spähte Sam über den Rand der Zeitung, hinter der er sein Gesicht verbarg, um zu sehen, ob irgendwo ein weißer Peugeot in Sicht war. »Weit und breit keine Spur von ihm«, sagte er.

»Keine Panik. Wenn er Profi ist, hat er seinen fahrbaren Untersatz gewechselt. Und wartet auch nicht an derselben Stelle.«

Inzwischen war Olivier in das Labyrinth der schmalen Gassen hinter dem Alten Hafen eingebogen, wo er alle paar Sekunden einen kurzen Blick in den Rückspiegel warf. Plötzlich gab er Gas und schoss just in dem Moment, als die Ampel auf Gelb umschaltete, über eine Kreuzung, bevor er die

Fahrt wieder verlangsamte. »Ah, da bist du ja endlich, du Mistkerl! Drehen Sie sich nicht um«, wies er Sam an. »Er fährt einen grauen Renault, einen Leihwagen, wie man unschwer am Nummernschild erkennt, er ist ungefähr zwanzig Meter hinter uns.« Olivier holte sein Handy hervor, rief Ahmed an und bat ihn, sich in zehn Minuten vor der Banque de France an der Rue Paradis einzufinden und sich an den grauen Renault zu hängen, der ihnen nach wie vor im Abstand von ein paar Metern folgte.

»Ich will den Renault keinesfalls verlieren und wir haben noch ein paar Minuten Zeit, die wir rumbringen müssen. Deshalb nehmen wir den längeren Weg zur Rue Paradis, das sollte hinhauen.«

Bei ihrer Ankunft fanden sie Ahmed bereits vor, der in der zweiten Reihe vor der Banque de France parkte und unter der geöffneten Motorhaube seines Pick-up nach irgendeinem imaginären technischen Defekt Ausschau hielt. Olivier blendete kurz auf. Ahmed schloss die Motorhaube, stieg ein und fädelte sich zwei Wagen hinter dem Renault in den Verkehr ein.

Die Dreierprozession bahnte sich, weit auseinandergezogen und in gemächlichem Tempo, ihren Weg durch das Zentrum der Stadt. »Erinnern Sie sich an das Haus von Monsieur Reboul, in dem Sie bei Ihrem letzten Aufenthalt gewohnt haben?«

»Fahren wir dorthin?«

»Nicht ganz. Am Ende der Straße befindet sich ein *Rondpoint* – ein Kreisverkehrsplatz. Es hat den Anschein, als würden verschiedene Wege davon abgehen, doch das ist ein Trugschluss. Es handelt sich nur um eine Wendestelle.«

Sie fuhren weiter, durch das siebte und das achte *Arrondissement,* wo viele der reichsten Bewohner von Marseille in ihren hochherrschaftlichen Häusern lebten, abgeschottet hinter hohen Steinmauern. Hier herrschte weniger Verkehr, und der Renault hielt nun Abstand, geriet in der schmalen kurvenreichen Straße häufig außer Sicht. Sie kamen an Rebouls ehemaligem Wohnsitz vorüber. »Jetzt dauert es nicht mehr lange«, kündigte Olivier an. Er rief Ahmed an und bat ihn, näher an den Renault heranzufahren, um ihn in die Zange zu nehmen.

Noch zweihundert Meter und eine letzte Kurve. Die Straße hatte sich auf eine einspurige Fahrbahn verengt, bevor sie in den kleinen Kreisel mündete. Der Renault umrundete die letzte Biegung und legte eine Vollbremsung hin, direkt hinter Olivier. Ahmeds Pick-up kam unmittelbar hinter dem Renault zum Stillstand.

Dem Fahrer war jedweder Fluchtweg versperrt. Er saß in der Falle.

Sam und Olivier eilten zum Renault, wo Ahmed bereits wartete, die Arme vor dem Körper verschränkt, und den Fahrer mit Blicken durchbohrte. Der Mann mit den großen, abstehenden Ohren schien hinter dem Lenkrad geschrumpft zu sein, ein Häufchen Elend; sein Gesicht spiegelte eine dumpfe Vorahnung wider. Olivier riss die Fahrertür auf und befahl ihm, nach Polizistenart, mit seiner bedrohlichsten Miene, auszusteigen. »Hierher kommt niemand, deshalb können wir einen netten kleinen Plausch halten, ohne gestört zu werden«, sagte er. »*Bon,* als Erstes möchte ich einen Blick auf Ihren Führerschein werfen, und geben Sie mir Ihr Handy.«

Für den Bruchteil einer Sekunde hatte es den Anschein, als würde der Fremde in Erwägung ziehen, nicht nur Einspruch zu erheben, sondern gar Widerstand zu leisten. Doch da drei große, unfreundliche Männer über ihm aufragten, besann er sich eines Besseren und kam der Aufforderung wortlos nach. Olivier notierte die Einzelheiten der Fahrerlaubnis und gab sie zurück. Das Handy behielt er.

Olivier unterzog ihn nun einem verschärften Kreuzverhör, angeregt durch Sams Fragen, die pausenlos auf den Delinquenten einprasselten. Unter welchem Künstlernamen trieb er hier sein Unwesen? Rocca. Wer war sein Auftraggeber? Anonym. Wie bitte? Ahmed trat knurrend näher und beugte sich ins Auto hinein. »Äh … ein Mann namens Nikki.« Wie nahm Rocca Kontakt zu ihm auf? Wo trafen sie sich? Wann sollte der nächste konspirative Treff stattfinden? Warum interessierten sie sich für Reboul? Worauf genau hatten sie es abgesehen?

Auf viele Fragen wusste Rocca keine Antwort und allmählich wurde klar, dass man ihn abgesehen von der erdachten Geschichte, die als Köder diente, im Dunkeln gelassen hatte. Nach zwanzig frustrierenden Minuten waren sie bereit, ihn vom Haken zu lassen.

Mit laufendem Motor und offenem Fenster nahm Rocca seinen ganzen Mut zusammen und bat um die Rückgabe seines Handys. Olivier beugte sich zu ihm herab, musterte ihn durch seine Sonnenbrille, während seine Augen verborgen blieben. »Sie sollten sich lieber glücklich schätzen, dass Sie überhaupt Ihre Schrottkiste behalten dürfen«, erklärte er und schlug mit der flachen Hand auf das Wagendach.

Mit einem Fluch brauste Rocca davon. Zurück in das Arbeiterviertel Belle de Mai, in dem schon seine Eltern gelebt hatten und aus dem er immer hinausgestrebt hatte. Jetzt, kurz vor seinem 45. Geburtstag, wurde Rocca endgültig klar: Es würde ihm nie gelingen.

10. KAPITEL

Francis Reboul marschierte auf seiner Terrasse hin und her, wartete angespannt auf eine Nachricht von Sam. Er hörte aufmerksam zu, als dieser ihm nach seiner Rückkehr haarklein Bericht erstattete.

Dank des Führerscheins kannten sie nun die Identität des Mannes, der den Eigentümer des Palais beschattete, und seine – wenn auch widerstrebend – preisgegebene Adresse. Doch sie waren überzeugt, dass Rocca nur wenig wusste, abgesehen vom Namen seines Auftraggebers, der vermutlich genauso erfunden war wie der Grund der Observierung. Die Personenbeschreibung, die er geliefert hatte, traf auf fast jeden Mann zu, der einen Panamahut, ein weißes Hemd und eine Sonnenbrille trug.

Der einzige Anhaltspunkt, der sie vielleicht ein Stück weiterbrachte, war die Telefonnummer, die Rocca erhalten hatte, um jeden Abend Bericht zu erstatten. In Roccas Handy war neben der Nummer auch noch ein Name eingetragen, doch es handelte sich dabei um einen Monsieur Martin, ein Name, den mehr als 220 000 französische Familien mit ihm teilten.

Reboul klang entmutigt. »Und wie soll es jetzt weitergehen?«

»Nun, wir haben eine Telefonnummer, das ist immerhin ein Anfang. Ich schlage vor, wir rufen an, warten ab, wer rangeht, und versuchen, seinen richtigen Namen in Erfahrung zu bringen. Und ich glaube, ich kenne genau die richtige Person, die ein solches Kunststück zustande bringen könnte, ohne die Pferde scheu zu machen: Mimi.«

Sam rief sie umgehend an, um das Problem und seine Idee zu erläutern – Mimi sollte sich als Repräsentantin der Kundendienstabteilung einer Telefongesellschaft ausgeben, die eine Meinungsumfrage zum Thema Kundenzufriedenheit durchführte. »Wenn es dir gelingen würde, die Adresse und den echten Namen des Mannes herauszufinden, wäre das fantastisch.«

Sam glaubte fast zu hören, wie Mimi den Kopf schüttelte. »Solche Daten sind der Telefongesellschaft doch längst bekannt«, entgegnete sie. »Warum wenden wir uns nicht zuerst an sie, um sie zu überprüfen?« Eine Aufgabe, die einer von Oliviers Polizeikumpels unverzüglich übernahm, nur um zu erfahren, dass der Kunde kein Einzelner, sondern ein ganzes Unternehmen war: Escargot Investments, eine Briefkastenfirma, wie aus der Rechnungsadresse in Monaco ersichtlich war.

Einen Moment lang herrschte enttäuschtes Schweigen, das schließlich von Sam gebrochen wurde. »Ich habe eine gute Freundin in der Wall Street, die Recherchen für einen Investmentbanker durchführt. Sie ist auf Geschäftsgeheimnisse spezialisiert. Sie ist ein Ass, wenn es herauszufinden gilt, wem eine Firma gehört, gleich wie sie heißt und in welchem Teil der Welt sie im Handelsregister eingetragen ist.« Sam blickte die anderen an und zuckte die Achseln.

»Oder wir fahren nach Monaco und versuchen dort unser Glück.«

Elena war Feuer und Flamme angesichts der Vorstellung, nach Monaco zu reisen, wo sie noch nie gewesen war, und stellte die offensichtliche Frage: »Warum machen wir nicht beides?«

In Ermangelung nennenswerter Fortschritte ist Aktivität die nächstbeste Option, und so kam man schnell hinsichtlich des weiteren Vorgehens überein. Erster Schritt: der Anruf. In New York war es erst halb acht morgens, doch in der Wall Street war man früh auf den Beinen, und Sams Freundin hob schon nach dem zweiten Läuten ab.

»Gail? Sam am Apparat, dein alter Verehrer. Bis du immer noch so schön wie früher?« Er zuckte zusammen und hielt den Hörer auf Abstand zum Ohr. »Du hast völlig recht, ich hätte mich längst melden sollen. Tut mir Leid, ehrlich, aber ich war ständig auf Achse. Hör mal, Gail, ich erledige gerade einen Auftrag in Frankreich und könnte ein paar Informationen über eine Firma mit Sitz in Monaco gebrauchen.« Sam musste eine kurze, wenngleich gutmütige Strafpredigt über sich ergehen lassen, bevor Gail besänftigt war und sich einverstanden erklärte, Escargot Investments unter die Lupe zu nehmen; im Gegenzug verlangte sie ein Mittagessen – ein ausgedehntes Mittagessen – im Daniel, in der Upper East Side, wenn sich Sam das nächste Mal in New York aufhielt.

Sam und Elena brachen am nächsten Morgen in aller Frühe nach Monaco auf. Reboul hatte darauf bestanden, dass Olivier sie dorthin fuhr, da er sich in dem Fürstentum auskannte und die Gelegenheit nutzen wollte, seine Tante zu besuchen, die dort lebte. Als sie Marseille in Richtung Autobahn verließen, hatte Elena, stets auf Informationen über jedes neue Reiseziel bedacht, ihre Nase in einen Reiseführer gesteckt, den sie Rebouls Bibliothek entliehen hatte. Sie ließ Sam an den zahlreichen Einzelheiten teilhaben: Das Fürstentum Monaco, auf einer Fläche von nur 200 Hektar errichtet, hätte leicht in den New Yorker Central Park hineingepasst, der rund 350 Hektar maß. Die Bevölkerung, 36000 registrierte Einwohner, setzte sich aus mehr als 120 verschiedenen Nationalitäten zusammen. Die Grundsteinlegung der Festung, Sitz des derzeit amtierenden Fürsten aus dem Geschlecht der Grimaldi, erfolgte am 10. Juni 1215.

»Morgens oder nachmittags?«, ließ sich Sam vernehmen, dessen Interesse an historischen Daten begrenzt war.

Elena seufzte, bevor sie ungerührt fortfuhr. »Um für Neubürger einen Anreiz zu schaffen, führten die Herrscher früherer Epochen ein verlockendes Fiskalsystem ein.«

»Ich hörte davon: Wer dort einen Wohnsitz hat, zahlt keine Steuern. So lockt man die moralische Elite an.«

Die Vorlesung über Monaco wurde von Olivier mit dem gebotenen Taktgefühl unterbrochen, als er sich vorsichtig erkundigte, ob sie bereits Pläne für das Mittagessen hätten. Wenn es ihnen recht sei, würde er sich gerne eine Weile entfernen, um seine Tante zu besuchen. Elena, die ihrerseits auf Anhieb kaum hätte sagen können, ob sie überhaupt eine Tante hatte und wenn ja, wer diese sein könnte, denn sie war nichts weniger als ein Familienmensch, fand dieses Interesse an der Pflege verwandtschaftlicher Beziehungen so bemerkenswert, dass sie sich fragte, ob der Chauffeur den Begriff Tante nicht in einem sehr großzügigen Sinne benutzte und in Wirklichkeit einer nicht verwandtschaftlich motivierten Verabredung Folge leisten wollte.

In Monaco angekommen, setzte Olivier sie an der Place de Casino ab, wo Sams Aufmerksamkeit schlagartig von einem Panorama gefesselt wurde, das in Frankreich zu seinen bevorzugten Sehenswürdigkeiten zählte: die lange, schattige, einladende Terrasse einer Bar mit angeschlossenem Restaurant. Wie sich herausstellte, handelte es sich um das Café de Paris, das er auf Anhieb zum perfekten Schauplatz für ein ausgedehntes Mittagsmahl erklärte. Doch zuvor galt es der Firmenzentrale von Escargots Investments einen Besuch abzustatten, um den Appetit anzuregen, da sie ihr Geld dem Namen nach mit Schnecken verdiente.

Die Adresse, die ihnen die Telefongesellschaft frei Haus geliefert hatte, entpuppte sich als moderner Wohnblock in der Nähe des Spielcasinos. Die gediegenen Messingschilder, die in der Eingangshalle dutzendweise zur Schau gestellt waren, ließen die Schlussfolgerung zu, dass die Invasion der Unternehmen, die weit in der Überzahl waren, die ursprünglichen Bewohner in die Flucht geschlagen hatte. Zu den Hausbesetzern gehörte auch Escargot Investments, im fünfzehnten Stockwerk ansässig.

Das Büro war durch ein weiteres edel glänzendes Messingschild gekennzeichnet, das an einer schweren, verschlossenen Eingangstür angebracht war. Sam läutete, und eine metallische Stimme bat ihn, seinen Namen und die Angelegenheit zu nennen, die ihn hergeführt hatte. »Der Name lautet Philipps«, erwiderte Sam. »Und Herr Trauner, mein Bankier in Zürich, hat mir empfohlen, Sie persönlich aufzusuchen, um mit Ihnen über ein Investitionsprojekt zu sprechen.«

Die Tür öffnete sich mit einem dezenten Klicken, und Elena und Sam betraten einen kleinen Empfangsbereich, der in eleganten Grauschattierungen gehalten war. Eine Angestellte, die aussah, als hätte sie gleich ein Fotoshooting, hatte Stellung hinter einem auf Hochglanz gewienerten Schreibtisch bezogen, der teuer aussah, indes bis auf eine Vase mit einer weißen Rose und einer aufgeschlagene *Vogue* leer war.

»Bonjour«, sagte sie. »Ich gehe davon aus, dass Sie keinen Termin haben, oder?«

»Genau den möchte ich ausmachen, deshalb bin ich hier.« Sam klopfte gegen seine Taschen und brachte ein Blatt Papier zum Vorschein, das er aus seinem Taschenkalender herausgerissen hatte. »Mal sehen – es hieß, dass ich nach einem Monsieur Martin fragen soll.«

Die Empfangsdame runzelte die Stirn, womit sie die Symmetrie ihrer perfekt gezupften Augenbrauen störte. »Es tut mir leid. Aber hier gibt es niemanden mit diesem Namen. Sind Sie sicher, dass es sich nicht um Monsieur Morton handelt?«

Sam schlug die Hand vor die Stirn. »Natürlich! Wie dumm von mir, ich bringe mal wieder alles durcheinander! Wäre Monsieur Morton möglicherweise für ein kurzes Gespräch verfügbar? Nur ein paar Worte.«

Das Stirnrunzeln vertiefte sich, und die Empfangsdame sah sich zu einer weiteren Entschuldigung genötigt. Monsieur Morton befinde sich auf einer Geschäftsreise in Schanghai, und ein anderer Berater sei derzeit nicht verfügbar.

»Das kann man beim besten Willen nicht als durchschlagenden Erfolg bezeichnen«, sagte Sam ernüchtert, als sie wieder draußen waren, »auch wenn wir jetzt wissen, dass diese Firma scheinbar auf allen Kontinenten aktiv ist. Vielleicht sollten wir ein Glas Rosé trinken, um die nötige Inspiration für weitere Nachforschungen zu finden.«

Sie saßen auf der Terrasse des Café de Paris und blickten zur Place du Casino hinüber. Elena, deren Vorliebe für makabre Einzelheiten Sam immer wieder in Erstaunen versetzte, musterte die Fassade des Spielcasinos. »Diese Typen, diese Süchtigen, die an den Spieltischen ihr ganzes Hab und Gut verlieren – wo bringen die sich um, was glaubst du?«

»Gut, dass du das jetzt fragst. Normalerweise unter einer der großen Palmen dort drüben. Bei unfreundlichem Wetter hingegen suchen sie andere Schauplätze auf, die gewiss im Glossar deines kleinen Reiseführers verzeichnet sind. Unter S wie Suizid oder gern auch Selbstentleibung.«

»War es nicht Professor Taylor, der neulich in einem viel beachteten Artikel in der *Herald Tribune* beklagte, dass die Juristen der letzten Ausbildungsjahre viel zu wenig Interesse an soziologischen Hintergründen und gesellschaftlichen Verwerfungen zeigen und sich ausschließlich aufs mechanische Paragrafenlernen fokussieren?«

Bevor Sam hierauf eine spitze Replik einfiel, kam der Wein, und das streitlustige Pärchen aus Übersee lehnte sich bequem zurück, um die ständig wechselnde Aussicht auf die Touristenhorden zu genießen, die jeden Sommer das Fürstentum erstürmen. Wie immer war die Kleidung der Frauen stimulierender als die endlose Parade der Baseballkappen und Cargohosen, die von den Männern vorgeführt wurden, und Sam fand die neueste Marotte, megakurze Shorts und High Heels, für das Auge des männlichen Betrachters äußerst anregend. »Aus soziologischer Sicht könnte es interessant sein zu erfahren, ob es zwischen der Verknappung der Beinkleider und dem Anstieg des Verkaufs an Sexspielzeugen, insbesondere Handschellen, Peitschen und dergleichen mehr, einen empirisch belastbaren Zusammenhang geben könnte«, fragte er.

»Eine interessante Frage«, räumte Elena ein, »sie streift einen Fragenkomplex, der sich grundsätzlich besser im fahlen Licht der Nacht studieren lässt.«

»Das sehe ich auch so«, pflichtete Sam bei.

Eher reserviert äußere Elena sich zu einem andere Modetrend dieses Sommers – weiße Röcke oder Kleider im Zwiebellook, bauschig und Schicht für Schicht mit Fransen besetzt, die sie an die altmodischen Lampenschirme ihrer Großmutter erinnerten. Sie schickte sich gerade an, sich ausführlich zu diesem Thema zu äußern – »Solche Kleider sind nur etwas für Zehnjährige mit braunen Beinen« –, als Sams Smartphone klingelte.

Es war Gail, die aus New York anrief, wo es kurz nach sieben Uhr morgens war. Als Sam sie zu ihrem Frühstart ins Arbeitsleben beglückwünschte, klärte sie ihn auf, dass sie bereits im Fitnesscenter trainiert und sich ihr Protein-Smoothie-Frühstück einverleibt hatte.

»Kommen wir zur Sache« sagte sie. »Was die Struktur von Escargot Investments betrifft: Die ist ziemlich komplex, was bei mir sofort den Verdacht weckt, dass da etwas nicht mit rechten Dingen zugeht. Die Firma ist in Monaco im Handelsregister eingetragen, befindet sich aber im Besitz einer Treuhandgesellschaft mit Sitz auf den Cayman Islands; diese wiederum gehört einer rechtlich verselbstständigten, wirtschaftlichen oder anderen Zwecken gewidmeten juristischen Person, einer sogenannten Firma, mit Zweigstellen in Zürich und Nassau. Anders ausgedrückt, der wahre Drahtzieher hinter diesem ominösen Firmengeflecht, wer immer das auch sein mag, möchte verhindern, dass sein Name auftaucht.«

»Aber irgendwo muss es doch Menschen aus Fleisch und Blut geben, die namentlich bekannt sind«, warf Sam ein.

»Klar doch – das sind die Frontmänner der Treuhandgesellschaften, auch Strohmänner genannt, in der Regel ortsansässige Rechtsanwälte. Doch das bringt uns keinen Schritt weiter. Ich bleibe trotzdem am Ball. Ich habe einen Bekannten in Nassau, der mir einen Gefallen schuldet. Ich werde ihn bitten, mal ein wenig tiefer zu schürfen.«

»Gail, du bist ein Schatz.«

»Und der wird dich teuer zu stehen kommen; ich sage nur eines, Sam Levitt: Daniel.« Und damit legte sie auf.

Während des Telefonats hatte Elena die mehrseitige Speisekarte studiert, begleitet von einem offensichtlich zufriedenen Kopfnicken. »Leber und kross gebratener Speck – in den Staaten heutzutage nicht mehr aufzutreiben – und danach *Profiteroles* mit heißer Schokoladensauce.« Sie klappte die Speisekarte zu und beugte sich vor. »Jetzt erzähl mal, was deine Wühlmaus herausgefunden hat.«

Eine ungemein kurzweilige Stunde verging, und sie waren gerade bei der zweiten Tasse Kaffee angekommen, als Elenas Blick über den Rand ihrer Sonnenbrille zur Place de Casino hinüberschweifte. »Schau einer an! Olivier kümmert sich wirklich sehr liebevoll und selbstlos um seine Tante!«, rief sie aus. Tatsächlich bahnte sich der Chauffeur gerade einen Weg durch die Menschenmenge, den Arm um die Taille einer außerordentlich hübschen Blondine gelegt, die nicht älter als fünfundzwanzig sein konnte.

»Das ist mir schon vorher aufgefallen«, erwiderte Sam. »Hier sind die Tanten sehr jung. Das muss am mediterranen Klima liegen.« Er holte sein Handy heraus und rief Olivier an. »Könnten Sie uns bitte in zehn Minuten abholen? Wir sitzen auf der Terrasse vom Café de Paris.« Olivier drehte sich auf dem Absatz um, erspähte sie, machte ein ernstes Gesicht, vollführte eine etwas umständliche und schwer deutbare Handbewegung, bevor er mit seiner entzückenden Begleitung im Gewühl verschwand.

»Ich glaube, er wollte uns sagen, dass seine Tante eine Schwellung an der Ferse hat und er ihr noch ein Pflaster kaufen muss«, vermutete Sam.

»Ich hatte schon befürchtet, es könnte ein Problem mit Hämorrhoiden sein«, sagte Elena, »da sie ihr Hinterteil beim Gehen so auffällig hin und her wiegt.«

»Auch eine zulässige Interpretation. In jedem Fall wird er sie medizinisch notversorgen müssen, sodass wir uns noch einen Schluck gönnen sollten.«

Während der Rückfahrt nach Marseille schlief Elena ein, während der Chauffeur unentwegt fröhliche Lieder vor sich hinsummte. Sam hingegen ließ halblaut die Fortschritte Revue passieren, die der Abstecher ins Fürstentum erbracht hatte. Sie waren im Wesentlichen, wie er zugeben musste, eher soziologisch-spekulativer Natur.

11. KAPITEL

Oleg Vronsky war alles andere als zufrieden. Die einzige Erkenntnis, die er gewonnen hatte, bestand darin, dass Reboul nicht nur die Verfolgung seines Wagens bemerkt hatte, sondern sich mit seiner Gegenoffensive auch noch als brillanter Stratege erwiesen hatte. »Der Mann ist ganz offensichtlich kein Narr«, sagte er zu Nikki. »Er weiß, dass da irgendetwas im Busch ist. Ich habe keine Ahnung, wie gut seine Schnüffler sind, aber ich traue ihnen durchaus zu herauszufinden, dass ich meine Hände im Spiel habe. Und das würde mir ganz und gar nicht gefallen.« Nikki, von der Lektüre eines Lifestylemagazins abgelenkt, in das er gerade vertieft war, nickte mitfühlend.

Sie befanden sich an Bord der *Caspian Queen,* die Kurs nach Osten in Richtung Cap d'Antibes nahm. Zum Mittagessen war Vronsky mit Sergej Kalinin verabredet, einem alten Freund aus Moskau, der undurchsichtige, jedoch äußerst lukrative Beziehungen zu dem Ministerium unterhielt, das für den Abbau der russischen Erdgaslagerstätten zuständig war. Er hatte genau wie viele seiner gut betuchten Landsleute entschieden, dass eine geräumige Sommerresidenz auf Cap d'Antibes allemal reizvoller war als eine kleine Datsche in den nasskalten, düsteren Wäldern vor den Toren

Moskaus, ja sogar einer luxuriösen Strandhütte in Sotschi vorzuziehen war. Zum einen wegen des besseren kulinarischen Angebots und zum anderen wegen der größeren Dichte attraktiver Frauen, die sich zudem deutlich weniger gegen frostige Temperaturen schützen und verhüllen mussten.

Die Begegnung mit Kalinin versprach kurzweilig zu werden. Doch es war unwahrscheinlich, dass er damit seinem Ziel auch nur einen Schritt näher kommen würde, dem Besitz von Le Pharo – einem *wohlverdienten* Besitz, nach seiner Überzeugung. Er zählte zu den erfolgreichsten Männern der Welt, und zu den reichsten. Jahrelang war es ihm gelungen, sich jeden Wunsch zu erfüllen. Und nun trennte ihn nur noch ein einziges Hindernis von der Verwirklichung seines jüngsten Traumes: dieser sture, arrogante Mistkerl von einem Franzosen.

Nikki stand lange genug in Vronskys Diensten, um, ebenso wie Katja, Vronksys langjährige Assistentin, zu spüren, dass sich die Stimmung seines Chefs langsam, aber sicher eintrübte. Gleichermaßen genervt von der erzwungenen Untätigkeit und dem Mangel an Fortschritten, hatte er sogar schon die eine oder andere extreme Problemlösung in Erwägung gezogen. Eine Entführung? Gar eine Autobombe? Rebouls Whisky mit einem Schuss Blausäure anreichern? Doch die Sache hatte einen Haken, wie man ihm oft genug vor Augen gehalten hatte: Der Boss plante, seine Operationsbasis ins Le Pharo zu verlegen, sobald er das Anwesen in Besitz genommen hatte. Er wollte einen Großteil seiner Zeit in Marseille verbringen, und da wäre die Aufmerksamkeit der örtlichen Polizei höchst unwillkommen. Es galt, jedes öffentliche Ärgernis zu vermeiden. Was immer Reboul auch zustoßen würde, es musste außerhalb der Stadt passieren. Aber wo? Und was?

Die *Caspian Queen* drosselte den Motor und kam ein paar hundert Meter von der Küste entfernt zum Stillstand. Eines der Beiboote, eine schnittige, offene Riva-Yacht, wurde zu Wasser gelassen und für den kurzen Trip zu dem privaten Anlegesteg startklar gemacht, wo Kalinin in Camouflage-Shorts, T-Shirt und Segelkappe darauf wartete, seine Gäste zu begrüßen.

»Oli!«

»Sergei! Lange nicht gesehen!«

»Zu lange.«

Die beiden Männer umarmten sich stürmisch, fast schon ein wenig zu stürmisch, wie zwei Ringer, die nach einer Chance Ausschau halten, den Gegner mit einem tödlichen Hüftwurf aufs Kreuz zu legen. Danach traten sie, einander immer noch an den Schultern umklammernd, einen Schritt zurück für den rituellen Austausch von Beleidigungen.

»Oha!«, eröffnete Vronsky das Wortgefecht mit dem beleibten Kalinin. »Ich sehe schon, die Diät war für die Katz.«

»Nanu, bist du geschrumpft?«, konterte Kalinin, auf den kleineren Vronsky herabblickend. »Seit wann trägst du keine hohen Absätze mehr?«

Es folgte eine Runde Rückenklopfen, bevor Nikki vorgestellt wurde und die drei Männer einträchtig den schmalen, von Schirmkiefern gesäumten Fußweg entlangmarschierten, der zu Kalinins Landhaus führte, seiner ›kleinen Bauernkate‹, wie er es zu beschreiben beliebte.

Tatsächlich handelte es sich um einen Landsitz, der in den 1930er-Jahren erbaut worden war; die mit Stuck versehenen Außenwände waren im Laufe der Zeit verblasst und hatten eine verwaschene, puderrosa Farbe angenommen. »Nabokov, der vor den Nazis aus Berlin fliehen musste, war früher der einzige Russe, der hier in der Gegend lebte. Jetzt trifft man uns überall an. Vladimir – du erinnerst dich an ihn? – hat sich eine Villa in der gleichen Straße zugelegt, nur ein paar Schritte entfernt, und die Oblomovs hüten das Haus gegenüber. Sie kommen zum Mittagessen rüber. Vladimir hat ein gut laufendes kleines Geschäft in Nizza auf die Beine gestellt – und was für Beine, du solltest die Mädels sehen! – und die Oblomovs sind unter die Decke der korsischen Mafia gekrochen. Du siehst, alles nimmt den gewohnten Gang. Und, weißt du schon, was du trinkst? Ich kann den Dom Perignon Jahrgang '96 empfehlen, gut gegen die trockene Kehle.«

Das Mittagessen wurde in einer jovialen Atmosphäre eingenommen, mit Champagner, Blinis, Kaviar und Hummer. In regelmäßigen Abständen drifteten Bikinischönheiten vom Swimmingpool herüber, stiegen aus dem Pool und strichen sich unter anerkennendem Pfeifen der Männer das chlorhaltige Wasser aus den Haaren. Kalinin stimmte eine russische Volksweise nach der anderen an. Doch Vronsky, der solche Belustigungen für gewöhnlich sehr zu schätzen wusste, war diesmal nur halb bei der Sache. Die Erwähnung der korsischen Mafia hatte seine kleinen grauen Gehirnzellen auf Trab gebracht.

Bevor er sich von Sergej Kalinin verabschiedete, bat Vronsky ihn noch um einen Gefallen. Da er sich doch so gut auskenne hier, habe er sicher auch Verbindungen zur Stadtverwaltung von Marseille. Ob er vielleicht recherchieren lassen könne, wie es mit dem Vertrag aussehe, den Francis Reboul vor Jahren abgeschlossen haben müsse, als er der Stadt den Palais du Pharo abkaufte. Ob es da besondere Bestimmungen gebe, jedes Detail könnte von Interesse sein. Kalinin sagte jovial zu, nicht ohne zu betonen, dass sicher einige Schmiergelder und auch hohe Aufwandsentschädigungen für seine eigenen Leute anfallen würden.

»Daran soll es nicht scheitern …«, meinte Vronsky und sie nahmen sich zum Abschied lachend in die Arme.

»Du hörst von mir«, versprach Kalinin.

Auf der Rückfahrt zur *Caspian Queen* nach dem Mittagessen nahmen die Riva-Beiboote zwei weitere Passagiere an Bord: Sascha Oblomov und Igor, seinen Cousin zweiten Grades. Obwohl nur entfernt verwandt, hatte das gemeinsame Interesse an Geldgeschäften und an Operationen am Rande oder auch jenseits der Legalität sie schon in jungen Jahren einander nähergebracht, und seither arbeiteten sie Hand in Hand. Nun waren sie Vronskys Einladung gefolgt, an Bord seines Luxusliners zu kommen, um ein ›interessantes Projekt‹ zu besprechen. Katja nahm sie in Empfang und stellte ihnen in aller Kürze einige wissenswerte Details der Ausrüstung der Yacht vor, was unverhohlen Staunen auslöste. Schließlich nahmen Vronsky, Nikki und die beiden Gäste einander gegenüber an einem niedrigen Tisch in Vronskys Privatkabine Platz, während ein Steward eilfertig Bestellungen wie Zigarren und Armagnac entgegennahm. Die Kleiderordnung war in diesem Kreis sehr flexibel: Vronsky in perfekt gebügeltem Leinen, Nikki in weißen Jeans und schwarzem Muskelshirt, und die Oblomovs im Partnerlook mit zerknitterten T-Shirts und Camouflageshorts, die für die russischen Residenten von Cap d'Antibes *de rigeur,* sprich ein absolutes Muss zu sein schienen.

Vronsky wartete, bis sich der Steward entfernt hatte, bevor er die Besprechung eröffnete. »Ich habe ein kleines Problem in Marseille, und unser guter Sergej glaubt, dass Sie mir bei der Lösung behilflich sein könnten.« Er betrachtete eingehend die glühende Spitze seiner Cohiba-Zigarre, als suchte er dort nach einer zündenden Idee. »Ich hoffe, er war nicht indiskret, aber er erwähnte, dass Sie – wie soll ich es ausdrücken – über Geschäftsbeziehungen in Korsika verfügen.« Er sah die Oblomovs an, die Augenbrauen fragend hochgezogen. Sie zuckten im Gleichtakt die Schultern, eine Reaktion, die Vronsky als Bestätigung aufzufassen beschloss. Unter ihrem durchdringenden, starren Blick fuhr er mit seinen Ausführungen fort, bis er sein Problem und dessen potenzielle Lösung grob umrissen hatte, wenngleich in allgemein gehaltener Form. Die Einzelheiten konnten warten.

Er lehnte sich auf seinem Stuhl zurück und zündete erneut seine Zigarre an, deren Glut erloschen war. »Noch Fragen?«

Sascha Oblomov hob die rechte Hand mit der Handfläche nach oben und auf Vronsky gerichtet, um Daumen und Zeigefinger zu reiben, das universale Zeichen für Geld.

Vronsky lächelte. »Gut. Darüber lässt sich reden.«

Francis Reboul gewann allmählich seine gute Laune zurück, die ihm die Sorge um sein Palais und die Verärgerung über Vronskys Nachstellungen so gründlich verdorben hatten. Inzwischen waren mehrere Tage ohne weitere Zwischenfälle und Anzeichen einer Beschattung vergangen. Hatte der Russe resigniert? Es schien fast so. Das Leben verlief wieder in seinen gewohnten Bahnen, bloß Elenas und Sams Immobiliensuche bot eine allerdings willkommene Abwechslung.

Das Gefühl der Erleichterung, ein wahres Geschenk des Himmels, griff weiter um sich, während sie abends bei einem Drink auf der Terrasse zusammensaßen und beobachteten, wie der Horizont sich rot und das Wasser sich schwarz färbte. In die träge Stille hinein klingelte Sams Handy. Er erhob sich, entfernte sich ein paar Meter vom Tisch und kehrte kurz darauf mit einer Hiobsbotschaft zurück, die er von seiner Wall-Street-Spionin erhalten hatte. »Gail hat gerade angerufen. Ich habe keine Ahnung, wie ihr dieses Kunststück gelungen ist, aber sie hat sämtliche Hinweise auf Offshore-Finanztransaktionen und getürkte Treuhandfonds geprüft; jetzt wissen wir, wem Escargot Investments gehört.« Er holte tief Luft. »Tut mir leid: Rocca, der Sie, Francis, und später mich im Auto verfolgt hat, gab seine Infos telefonisch an Escargot weiter. Diese obskure Firma gehört, wie ich fast schon vermutet habe, niemand anderem als Oleg Vronsky. Das bedeutet, er hat höchstwahrscheinlich die Observierung veranlasst.«

Sam sah, wie sich Rebouls Miene verkrampfte, wie die Linien zu beiden Seiten des Mundes tiefer und sichtbarer wurden, wie sein Gesicht vor Wut erstarrte. Er hatte große Mühe, die Contenance zu wahren, und sagte bitter: »Ich möchte wissen, was genau passiert ist, von Anfang an.« Er warf einen flüchtigen Blick auf seine Armbanduhr und fluchte. »Ich habe heute Abend einen Termin. Sam, können wir das Gespräch auf morgen früh vertagen, gleich als Erstes?«

Am nächsten Morgen wirkte Reboul immer noch angespannt, und seine mit Wut gepaarte Gereiztheit wuchs, als Sam die Ereignisse der vergangenen Tage zusammenfasste, angefangen vom Tieffliegerangriff des Hubschraubers, der Hollywood alle Ehre gemacht hätte, bis hin zu Vronskys Showeinlage bei der Wohltätigkeitsgala, dem ebenso unverhofften wie theatralischen Auftritt in Rebouls Auffahrt tags darauf und seiner Rolle als mutmaßlicher Drahtzieher der Verfolgungsjagd, die Rebouls Wagen gegolten hatte. Sam bemühte sich, die Situation in die richtige Perspektive zu rücken.

»Schauen Sie, der Kerl ist bestenfalls eine verdammte Nervensäge und schlimmstenfalls ein gemeingefährlicher Spinner, aber alles im Rahmen der Legalität, denn beides ist nicht strafbar. Der Polizei sind die Hände gebunden: Sie kann ihn nur aus der Ferne im Auge behalten.«

Reboul marschierte auf und ab, die Hände zu Fäusten geballt. »Mir reicht's! Ich werde ihn mir vorknöpfen, ihm ins Gesicht sagen, dass er mit Konsequenzen rechnen muss, wenn er mich nicht in Ruhe lässt.«

Sam schüttelte den Kopf. »Tut mir leid, Francis, doch das ist eine lausige Idee. Damit bestärken Sie ihn nur in seinem Entschluss. Ich kenne Typen wie ihn, die geben nicht so schnell auf. Und vergessen Sie nicht, dass mindestens drei Personen, die ihm im Wege waren, unter ziemlich verdächtigen Umständen das Zeitliche gesegnet haben.« Sam eilte zu Reboul und legte den Arm um die Schulter seines Freundes. »Glauben Sie mir, das ist nicht der richtige Zeitpunkt, Kopf und Kragen zu riskieren und mit verbundenen Augen ins kalte Wasser zu springen. Im Moment weiß Vronsky nämlich mehr über Sie als Sie über ihn. Es könnte beispielsweise nützlich sein, etwas mehr über die geplante Dauer seines Aufenthalts in Marseille zu erfahren. Aus seinem Dossier lässt sich schließen, dass weniger Gefahr von ihm ausgeht, wenn er sich in unmittelbarer Nähe seines Opfers statt in sicherer Entfernung aufhält. Was denken Sie?«

»Sie haben recht. Je mehr man über einen Gegner weiß, desto besser. Aber wir können ihn wohl kaum anrufen und uns erkundigen, wann er abzureisen gedenkt.«

»Wir nicht! Zum Glück kenne ich jemanden, der das durchaus kann. Unser Lieblingsjournalist.«

12. KAPITEL

Hallo, wer ist da? Wie spät ist es?« Die Stimme eines Mannes, der einen Augenblick vorher noch in tiefem Schlaf war.

»Zeit für Marseilles Berichterstatter Nummer eins, sich an die Arbeit zu begeben und nach Neuigkeiten zu jagen. Sam am Apparat.«

»Oh.« Philippe stöhnte, als er sich im Bett aufsetzte. »Ist es dringend?«

»Nicht nur das. Du hast die einmalige Chance, eine gute Tat zu verrichten, um deinem Freund Francis zu helfen.«

»Was hat er angestellt?«

»Er hat nichts angestellt, aber sein Widersacher Oleg Vronsky umso mehr. Wir sind ziemlich sicher, dass er Francis beschatten lässt, und Gott weiß, was er als Nächstes versucht, um ihn weichzukochen. Wir müssen unbedingt mehr über ihn in Erfahrung bringen. Sag mal – hat er jemals wieder die Einladung erwähnt, ein Interview mit ihm auf seiner Yacht zu machen?«

»Nein, er meinte, er würde sich wieder bei mir melden, hat er aber nicht.«

»Hm, ich hätte da eine Idee, auf die er richtig abfahren könnte.«

»Ich bin ganz Ohr.« Allmählich klang Philippes Stimme wieder wie die eines investigativen Reporters und nicht wie die eines verschlafenen Buchhalters. »Wir sprechen damit seine Eitelkeit an und bieten ihm eine erstklassige Gelegenheit, sich in Marseille einen Namen zu machen – eine seiner gesellschaftlichen Ambitionen. Und das ist die Geschichte, die du ihm präsentierst: Deine Redaktionsleitung hat dir grünes Licht für ein neues Projekt gegeben, eine Serie tiefgründiger Kurzbiografien über *Les Amis de Marseille.* Und wer könnte den Reigen besser eröffnen als der größte *Ami* der Stadt, Monsieur Vronsky.«

»Aber ich hab ihn doch schon interviewt, falls du das vergessen haben solltest. Nach der Wohltätigkeitsauktion.«

»Ach was, das war doch nur ein grobe Skizze. Mir schwebt ein umfassendes Porträt vor: Ein Gesamtbild, in Lebensgröße – seine Hoffnungen, seine Träume, seine Unbesonnenheiten, die ganze Palette rauf und runter. Du weißt doch, wie diese Superreichen ticken. Sie besitzen ein haushohes Ego und sprechen am liebsten über sich selbst; dazu kommt noch ein weiterer riesengroßer Pluspunkt: Ihm hat gefallen, was du über ihn geschrieben hast.«

Bevor Zeit für eine Antwort blieb, legte Sam auch schon den Köder aus. Da er Philippes Vorliebe für opulente Mittagessen im Allgemeinen und für kulinarische Genüsse im *Bistro Chez Edouard* im Besonderen kannte, schlug er vor, sich zur Lagebesprechung von Angesicht zu Angesicht in besagtem Restaurant zu treffen. Philippe beugte sich der unwiderstehlichen Logik des Arguments. »Also gut, zum Mittagessen.«

Sam legte sein Handy beiseite und blickte zu Elena auf der gegenüberliegenden Seite des Frühstückstischs hinüber.

Sie hatte sich in die Lektüre der *International New York Times* vertieft, Kaffee und Croissant vergessen, das Gesicht angespannt, die Stirn gerunzelt. Das war ihre *Bitte-nicht-stören*-Miene, die Sam nur allzu gut kannte. Sie las den Artikel zu Ende, gab ein verächtliches Schnauben von sich und schob die Zeitung mit dem Handrücken weg.

»Mein Gott, die machen mich krank, diese Nieten in Washington«, stöhnte sie. »Je früher sie hochkant rausfliegen und durch Frauen ersetzt werden, desto besser.« Sich für dieses Thema erwärmend, fuchtelte sie erbost mit dem Finger vor Sams Nase herum. »Wie kommt jemand auf die Idee, gegen Abtreibung und für Schusswaffen zu stimmen? Diese Hohlköpfe schwadronieren über die Unantastbarkeit des menschlichen Lebens – obwohl der Mensch noch nicht einmal geboren ist – und ignorieren genau wie ihre Spießgesellen in der NRA, dieser dubiosen Waffenlobby, die Tatsache, dass Tausende Amerikaner jedes Jahr an Schussverletzungen sterben. Macht das Sinn?«

Elena überließ es Sam, über diese interessante Frage nachzudenken, während sie ihr Croissant in Angriff nahm. Genau genommen, war er schon seit vielen Jahren immun gegen den faulen Zauber der Politiker, gleich welcher Partei sie angehörten, und wunderte sich immer wieder aufs Neue, dass überhaupt jemand diese Horde eigennütziger Schaumschläger ernstnahm. Die apolitische Haltung, die er pflegte, war in Elenas verfassungstreuen Augen unverantwortlich, deshalb beschloss er, das strittige Thema ad acta zu legen und sich einer weniger explosiven Angelegenheit zuzuwenden.

»Wie wäre es, wenn du heute mit zwei glühenden Bewunderern zu Mittag essen würdest? Mit Philippe und mir?«

Elena blickte ihn an und strahlte; ihre Stimmung hatte sich auf Anhieb aufgehellt. »Ich glaube, das könnte ich einrichten.«

Es war einige Jahre her, seit Philippe Elena und Sam mit dem *Chez Edouard* bekannt gemacht hatte, und bei beiden war es Liebe auf den ersten Biss gewesen. Elena erinnerte sich noch heute daran, was sie damals gegessen hatte, und war versucht, wieder das Gleiche zu bestellen. *Tapas* in ihrer ganzen Pracht und Herrlichkeit, von *Pata-Negra*-Schinken bis zu Thunfischrogen mit ein paar Tropfen Olivenöl, gebratenen Auberginen mit Minze, Lachstartar mit Honig und Dill, frittierten Zucchiniblüten, Artischocken, Anchovis, Muscheln – insgesamt fünfzehn kleine, aber feine Gerichte, von denen Elena jedes einzelne liebend gerne probiert hätte. Doch in einem Anflug von Bescheidenheit einigten sie sich schließlich auf vier *Tapas* pro Person.

In einem guten Restaurant gibt es einen ganz besonderen Augenblick, der dem ersten Akt, sprich der Vorspeise, vorausgeht und deshalb als Prolog auf der Speisekarte aufgeführt werden sollte. Gemeint ist die Vorfreude, die sich in dem untrüglich sicheren Wissen einstellt, dass man nicht enttäuscht wird. Die Bestellung ist aufgegeben, das erste Glas Wein griffbereit, jedes Mal, wenn die Küchentür aufschwingt, wehen verführerische Düfte herüber, die Kellner eilen geschäftig hin und her, man hört das leise Plopp der feuchten Korken, die behutsam aus Flaschen gezogen werden, und alles ist genauso, wie es sein sollte. Man lehnt sich entspannt zurück und ist mit sich selbst und der Welt im Reinen. »Himmlisch«, sagte Elena.

Philippe hatte einen Tisch im ersten Stock des Restaurants reserviert, wo die Gäste auf einem ringsum verlaufenden Vries mit den Worten *buvez, riez, chantez* in einer Endlosschleife aufgefordert wurden, zu trinken, zu lachen und zu singen. Zum Singen war es noch ein wenig früh, doch den beiden anderen Vorschlägen folgten die Anwesenden mit unverhohlener Begeisterung.

»Um eines klarzustellen, das ist ein Arbeitsessen, okay?«, sagte Sam. »Fangen wir also mit dem an, was wir wissen, und danach können wir überlegen, wie wir weiter vorgehen wollen. Erstens, wir wissen, dass Vronsky es sich in den Kopf gesetzt hat, Le Pharo in seinen Besitz zu bringen. Zweitens, wir wissen, dass er bisher immer bekommen hat, was er begehrt, wobei er nie lange fackelte und Hindernisse, auch menschliche, bedenkenlos aus dem Weg räumen ließ. Drittens, er befindet sich stets weit entfernt vom Ort des Geschehens, wenn etwas Schreckliches passiert, was seinen Plänen entgegenkommt. Das alles ist hinlänglich bekannt, aber es reicht nicht aus, um ihn festzunageln.« Er hielt inne, um einen Schluck Wein zu kosten. »Jeder Mensch hat seine Schwächen, irgendeinen wunden Punkt, der ihn verletzlich macht, und genau den würde ich liebend gerne finden.« Er blickte Philippe an und nickte. »Und du bist derjenige, der die besten Chancen hat, ihm auf die Spur zu kommen.«

Bevor Philippe Zeit hatte, zu antworten, kamen die *Tapas,* genauer: eine weitläufige Tapa-Landschaft, die beinahe den ganzen Tisch einnahm und dafür sorgte, dass fürs Erste jeder Gedanke an Vronsky beiseitegeschoben wurde, um dem kreativen Werk des Küchenchefs die gebührende Achtung zu erweisen.

»Das war perfekt«, sagte Elena, als sie die letzten Spuren von Honig und Dill mit einem Stück Brot von ihrem Teller tilgte. »Ich bin heilfroh, dass wir kein Hauptgericht bestellt haben. Habt ihr gesehen, dass es *Churros* mit Schokoladensauce als Nachspeise gibt?«

Nun war es an Sam, die Augen zu verdrehen. Wie es Elena gelang, ohne sichtbare Gewichtszunahme alles zu essen, was ihr Herz begehrte, war ihm ein Rätsel. »Kommen wir wieder zur Sache. Also, Philippe, was hältst du davon? Du hast doch sicher den einen oder anderen Industriekapitän interviewt. Solche Leute hören sich bestimmt gern reden, oder?«

»So gerne, dass sie kaum zu bremsen sind.« Philippe trank einen kräftigen Schluck Wein. »Solange man bei ihrem Lieblingsthema bleibt.«

»Das übermächtige Ego, richtig?«

»Richtig. Ihn zum Reden zu bringen dürfte also nicht besonders schwierig sein.«

Elena legte beschwörend ihre Hand auf Philippes Arm. »Wir müssen umgehend handeln. Die ganze Sache setzt Francis gewaltig zu. Ich kann es nicht ertragen, ihn so besorgt zu sehen.«

Philippe nickte. »Lasst mich nur machen. Nach meinem Dafürhalten hängt alles davon ab, in welchem Maß Vronsky bestrebt ist, sich in Marseille als der große Zampano zu präsentieren. Wenn das sein Ziel sein sollte – was ich vermute –, dürfte das Ganze kein Problem sein.«

Elena drückte seinen Arm. »Du bist ein Schatz. Dafür gebe ich dir auch einen von meinen *churros* ab.«

Sam hob sein Glas und blickte Philippe an. »Du hast es gut! Auf dich, *jeune homme*.«

In der Zwischenzeit liefen die Telefonverbindungen zwischen Cap d'Antibes und Korsika heiß, als die Oblomovs ihre Fühler unter ihren Kontakten in Calvi und Ajaccio ausstreckten. Doch in einer so kleinen und engmaschig verknüpften Gemeinschaft war es beinahe unmöglich, auch nur einen einzigen Fühler unbemerkt auszustrecken, vor allem, wenn es um bestimmte Aufträge ging. Stets waren die Ohren gespitzt, um eine unbedachte Bemerkung aufzuschnappen, und es dauerte nicht lange, bis Flo und Jo, die Gebrüder Figatelli, Wind davon erhielten, dass etwas im Busch war.

Da sie sich in den weniger konventionellen Kreisen der korsischen Gesellschaft bewegten, bekamen sie häufig Gerüchte und Neuigkeiten zu hören, die nicht für die öffentliche Kommunikation bestimmt waren, und so war es auch dieses Mal. Ihr Freund und gelegentlicher Geschäftspartner Maurice, ein professioneller Kneipenhocker, hatte Bruchteile einer Unterhaltung belauscht, aus denen hervorging, dass irgendwelche Riviera-Russen einen Haufen Geld boten, um jemanden verschwinden zu lassen. Die Figatellis, seit jeher interessiert an Gerüchten dieser Art, baten Maurice, seine Recherche fortzusetzen und laufend Bericht zu erstatten, wobei ihm ein Bonus in Aussicht gestellt wurde, wenn es ihm gelang, die Zielperson zu ermitteln.

Die Oblomovs begannen allmählich, sich auf der *Caspian Queen* heimisch zu fühlen. Wieder einmal saßen sie im luxuriösen Kokon von Vronskys Privatkabine, Zigarre und Cognac in den Händen, um ihre Arbeitsergebnisse zu präsentieren. Er begann mit einer ermutigenden Bemerkung.

»Sie haben gesagt, dass Sie nur gute Neuigkeiten hören wollen«, erklärte Sascha Oblomov. »Die überbringen wir Ihnen. Es gibt da einen Mann in Calvi, Nino Zonza, mit dem wir bei dem einen oder anderen Projekt gut zusammengearbeitet haben. Er meint, er könnte uns möglicherweise helfen.«

»In welcher Hinsicht?«, hakte Vronsky nach.

»In jeder erdenklichen.« Oblomov trank einen Schluck Cognac und schauderte genüsslich. »Er würde sogar die Beisetzung arrangieren, falls Sie es wünschen.«

Vronsky nickte beifällig. Geschäfte mit Vollprofis, die ein Rundum-Sorglos-Paket, sprich die komplette Dienstleistungspalette, gleichsam von der Wiege bis zur Bahre, anboten, waren ganz nach seinem Geschmack. »Aber vergesst nicht, die Sache darf keinesfalls mit mir in Verbindung gebracht werden«, erwiderte er.

»Dafür übernimmt Zonza die Gewähr ... solange das Projekt auf Korsika abgewickelt wird.« Oblomov lehnte sich vor und tippte mit dem Zeigefinger an seine Nase. »Wo sich gewisse Aktivitäten in die Wege leiten lassen, ohne die französische Obrigkeit zu behelligen.«

»Und was könnte Reboul veranlassen, nach Korsika zu reisen?«, warf Oleg Vronsky ein. »Denkt darüber nach. Mittlerweile müssen wir versuchen, mehr über ihn herauszufinden – nicht nur über seinen jeweiligen Aufenthaltsort, sondern auch über seine Gewohnheiten. Und dieses Mal will ich keine Amateure, die Jagd auf seinen Wagen machen. Sucht mir also jemanden, der etwas von seinem Handwerk versteht.«

Oblomov strich mit der Hand über die Stoppeln auf seinem Schädel. »Mal überlegen – wir brauchen jemanden, der die Erfahrung und die nötigen Kontakte hat, um die hässlichen kleinen Details auszugraben.« Seine Miene hellte sich auf. »Jemanden wie meinen Scheidungsanwalt in Nizza. Er hat überall an der Küste seine Informanten und Sachen über meine Ex ans Tageslicht gebracht, von denen sie keinen blassen Schimmer hatte. Und er kann schweigen wie ein Grab.«

Vronsky, der selbst vor Jahren nur mit Mühe einen nervenzerfetzenden Rosenkrieg überlebt hatte, gefiel der Gedanke. Und so wurden in beiden Lagern Ermittlungen in Gang gesetzt, ohne dass eine der gegnerischen Parteien auch nur im Geringsten ahnte, dass sie im Fokus der Fahnder standen.

13. KAPITEL

Oleg Vronsky war erfreut und fühlte sich sogar ein wenig geschmeichelt angesichts Philippes Einladung, Thema Nummer eins einer wichtigen Serie von Kurzporträts zu werden. Er fühlte sich wohl in der Gesellschaft des jungen Journalisten und sah in dem bevorstehenden Interview die Chance, sich einer breiten Öffentlichkeit als einer der führenden Wohltäter der Stadt, seiner Adoptivstadt, zu präsentieren. Und deshalb stimmte er mit Freuden zu, dass die erste Gesprächsrunde an Bord der *Caspian Queen* stattfinden sollte, wo er seine Spielsachen und sein Gefolge zur Schau stellen konnte.

Für Philippe begann das Interview mit einer ebenso kurzen wie komfortablen Fahrt in einer Riva-Luxusmotoryacht, die als Beiboot diente und von einem Chauffeur gesteuert wurde. Langsam glitt sie an der Hafenmole mit dem Leuchtturm entlang, ein strenger Geruch stieg vom Wasser auf, eine brackige Mischung aus Motorenöl und schmutzigem Salzwasser, doch dann änderte die Riva den Kurs und richtete ihren Bug aufs offene Meer. Was für ein Genuss, in weichen Ledersesseln über die Wellen getragen zu werden und den sauberen Duft von Salz und Jod einzuatmen. Sein Gastgeber erwartete ihn hoch droben an der Gangway mit einem breiten Lächeln, und Philippe wurde auf Anhieb klar, dass man vorhatte, ihm eine Behandlung *de luxe* angedeihen zu lassen. Das ganze Programm, Schmeicheleien und Egomassage inbegriffen, und Vronsky würde sich den Anschein geben, als wäre das Interview der Höhepunkt und einzige Lichtblick des Tages. Philippe kannte das alles zur Genüge, normalerweise von Staatsdienern aus der zweiten Reihe, die hofften, mit einer vorteilhaften Presse in die schwindelerregenden Höhen der öffentlich sichtbaren Erstligisten aufzusteigen. Zwar war Philippe vertraut mit diesem Theater, aber das hieß nicht, dass er völlig immun gegen die Verlockungen solcher Vorzugsbehandlungen gewesen wäre.

Der erste Akt bestand aus einem kurzen geführten Rundgang, der einen Blick auf die Attraktionen eines einfachen Lebens auf See gewährte – auf die Rivas, die Hubschrauber, den Süßwasserpool (Vronsky hatte festgestellt, dass Salzwasser einen Juckreiz bei ihm auslöste), das Sonnendeck, das Cocktaildeck und die Brücke mit einer ganzen Batterie der neuesten elektronischen Wunderwerke. Philippe tat sein Bestes, sich beeindruckt zu zeigen, auch wenn der Eindruck überwog – den er natürlich für sich selbst behielt –, dass es weit besser gewesen wäre, das Geld für diese schwimmende Luxusherberge in den Erwerb eines prachtvollen Hauses in Marseille, einer Wohnung in Paris und zwei oder drei Weingärten in Cassis zu investieren. Vronsky entfernte sich kurz, um einen Anruf entgegenzunehmen. Es war dieser aufdringliche Makler Vicomte de Pertuis, der einfach nicht begreifen wollte, dass seine Dienste nicht mehr gefragt waren. »Wissen Sie, ich genieße gegenwärtig zu sehr das Leben auf See, ich weiß gar nicht, ob ich wirklich für einen festen Landsitz geschaffen bin«, sagte Vronsky und empfahl sich, bevor der Vicomte zu einer Replik ansetzen konnte.

Unterdessen hatte die freundliche Katja Philippe unter Deck, durch einen weitläufigen Salon und in die Gästeunterkünfte geleitet: fünf Suiten, jede mit eigenem Jacuzzi und, wie sie mit einem bescheidenen Lächeln erklärte, mit eigenem Meerblick. Von dort aus inspizierten sie eine Bordküche, in der sich ein Drei-Sterne-Koch auf Anhieb heimisch gefühlt hätte, einen Weinkeller, der eines Schlosses würdig gewesen wäre, und eine Kühlkammer mit getrennten Bereichen für Gänsestopfleber und Kaviar. Katja zog sich zurück, und Oleg Vronsky tauchte wieder auf und erklärte dem Gast, solche Kleinigkeiten wie der Weinkeller und die Kühlkammer würden die *Caspian Queen* in ein anheimelndes Heim fern von Zuhause verwandeln.

»Und wo sind Sie Zuhause, wenn ich fragen darf?«, wollte Philippe wissen.

»In der ganzen Welt. Ich bin ein Kosmopolit. Die Welt ist mein Zuhause. Kommen Sie, jetzt zeige ich Ihnen noch mein Büro und danach können wir uns an die Arbeit begeben.«

Das Arbeitszimmer war groß und modern eingerichtet, geschmückt mit Tributen, die man Oleg Vronsky entrichtet hatte. Der riesige Kopf eines in Sibirien erlegten Bären teilte sich eine Wandfläche mit einer gigantischen Schwarz-Weiß-Fotografie von Vronsky im Frack, der mit einer hübschen jungen Frau im Arm durch einen Ballsaal wirbelte. Weitere kleinere Aufnahmen zeigten den Unternehmer mit verschiedenen Prominenten der Art, die reiche Männer wie Motten umschwirren, und daneben hingen mehrere gerahmte Briefe, die meisten auf Russisch verfasst, die nach Vronskys Aussage von ›Freunden aus allerhöchsten Kreisen‹ stammten. »Natascha, mein Schatz«, rief der Oligarch, als nach einem dezenten Klopfen eine hochgewachsene Brünette in das Büro schwebte. Sie beugte sich kurz über Vronsky, der sie an der Schulter tätschelte, und flüsterte ihm ein paar russische Worte ins Ohr, was er mit einem versonnenen Lächeln quittierte. Und schon war sie wieder hinausgeschwebt. Die einzige Funktion ihres Gastauftrittes, so schlussfolgerte Philippe, bestand darin, ihm, dem Zeitungsschreiber, zu demonstrieren, dass zur Ausrüstung der Yacht selbstredend auch eine Geliebte wie aus den Hochglanzmagazinen gehörte.

Champagner wurde serviert und Zigarren gereicht. Philippe holte seine Liste mit Fragen und einen Kassettenrekorder heraus; das Interview konnte beginnen.

Knapp zwei Seemeilen entfernt, in einem kleineren und weit weniger aufwendig gestalteten Büro der Stadtverwaltung, dessen einziger Schmuck aus einem Wandkalender mit Hundefotos und seiner Topfblume bestand, beugte sich eine Dame mittleren Alters krampfhaft über eine Akte, in der sie wahllos blätterte. Der Mann, der ihr gegenübersaß, trug eine verspiegelte Sonnenbrille, die so groß war, dass sie von seinem Gesicht nur das kantige Kinn und die übergroße, schiefe Nase erkennen konnte. Er sprach ein flüssiges Englisch, mit einem schauderhaften Akzent und mit einigen fehlerhaften Französischbrocken durchsetzt. Und doch verstand Sophie Pichon ihn nur zu genau.

»Sie müssen es wissen.«

»Ich sagte Ihnen doch schon, ich war damals erst sehr kurz hier im Amt, und ich kann mich an diese Transaktion überhaupt nicht mehr erinnern. Hier sind in den letzten Jahren so viele neue Projekte …«

»Das interessiert mich einen feuchten Kehricht, Madame Pichon. Kriechen Sie in den Keller, schütteln sie den Staub von den Akten und schaffen Sie die Unterlagen herbei. Erzählen Sie mir nicht, dass das Wahrzeichen von Marseille verkauft worden ist, ohne dass ein Vertrag aufgesetzt wurde.«

»Mit welcher Begründung gegenüber meinem Vorgesetzten soll ich das machen …«

Der Fremde lächelte boshaft. »Erzählen Sie ihm einfach, dass sie zwei Kinder haben, einen Sohn, zwölf Jahre, eine drei Jahre jüngere Tochter, die beide jeden Morgen einen recht langen und umständlichen Schulweg haben. Erzählen Sie ihrem werten Dienstherrn, dass sie nicht wollen, dass ihren Kindern ein Leid geschieht.«

»Oh, mein Gott.« Sophie Pichon stand kurz davor, in Tränen auszubrechen.

Der Mann erhob sich und ließ einen Zettel mit einer Telefonnummer auf ihren Tisch fallen. »Rufen Sie mich spätestens nächste Woche an und teilen Sie mir mit, was Sie herausgefunden haben über die Sache Francis Reboul – Le Palais du Pharo.« Er beugte sich so tief über den Schreibtisch zu ihr hinüber, dass sie sein Rasierwasser riechen konnte. »Und kommen Sie, zum Wohle ihrer beiden Kinder, die Sie seit drei Jahren so tapfer alleine durchbringen, bitte nicht für eine Hundertstelsekunde auf die Idee, die Polizei anzurufen.«

Als die Tür sich schloss und die Schritte sich draußen auf dem Flur entfernten, brach Sophie Pichon in ein Schluchzen aus.

Am gleichen Abend hatte Reboul beschlossen, die Sorgen des Tages *ad acta* zu legen und Elena mit einem seiner provençalischen Lieblingsweine bekannt zu machen, einem blassen und eleganten Rosé des Weinguts Château la Canorgue, ein Biowein ohne Zusatz von Sulfiten. Deshalb sei der Wein, wie Reboul erklärte, nicht nur köstlich, sondern auch gesund, eine Theorie, die Elena mit Begeisterung einer praktischen Prüfung unterzog. Sie war hocherfreut, dass Reboul allem Anschein nach wieder zu seinem alten, unbeschwerten Selbst zurückgefunden hatte; er war ihr ans Herz gewachsen, und deshalb ermutigte sie jede Ablenkung, gleich ob in flüssiger oder anderer Form, die ihn aufmuntern könnte.

Das erste Glas war erstaunlich rasch geleert, wie so oft bei ersten Gläsern der Fall. »Ein wirksames Heilmittel«, bestätigte Elena. »Ich fühle mich schon erheblich besser.« Reboul schenkte lächelnd nach und schickte sich gerade an, den Zusammenhang zwischen Sulfit und dem morgendlichen Kater zu erläutern, als sich Sam zu ihnen gesellte, das Handy in seiner Hand gegen ein Glas eintauschte und Platz nahm.

»Das war Philippe, bei dem sich Vronsky gerade von vorne bis hinten eingeschleimt hat.«

Reboul zuckte zusammen angesichts der Vorstellung. »Ich nehme also an, dass es flutscht.«

»Hätte nicht reibungsloser laufen können. Wäre Vronsky nicht zum Abendessen verabredet gewesen, würde sich Philippe immer noch auf der Yacht befinden.«

»Hat er etwas Interessantes in Erfahrung gebracht?«, fragte Elena.

»Nichts Dramatisches. Es ist vermutlich noch zu früh, mit indiskreten Äußerungen zu rechnen. Aber Vronsky legt

Wert auf eine zweite Sitzung, dieses Mal mit einem Fotografen; die Aussichten sind also vielversprechend.«

Reboul stellt sein Glas ab und beugte sich vor. »Vronsky hat es auf Le Pharo abgesehen – das hat er nun deutlich genug zum Ausdruck gebracht. Und wenn es stimmt, was man über ihn hört, geht er über Leichen, um an sein Ziel zu gelangen. Die Frage ist nur, wie er dabei vorzugehen gedenkt. Es tut mir leid, aber ich glaube, das wird er wohl kaum einem Journalisten auf die Nase binden, oder?«

Sam hob die Hand. »Einspruch. Man kann nie wissen, ob ihm nicht doch eine unbedachte Äußerung entschlüpft. Sobald er sich in Philippes Gesellschaft rundum wohlfühlt – und darauf läuft es im Moment offenbar hinaus –, wird er in seiner Wachsamkeit nachlassen. Er wird ein wenig aus dem Nähkästchen plaudern, um zu zeigen, wie gewieft er ist. Das ist bei solchen Leuten gang und gäbe. Und abgesehen davon ist Philippe derzeit unsere einzige Verbindung zu Vronsky. Ich weiß, es ist frustrierend, aber meiner Meinung nach sind wir gut beraten, wenn wir uns in Geduld üben und seinen ersten Schachzug abwarten. Und während wir abwarten, sollten wir vorsichtig sein. Sehr vorsichtig!«

Im Verlauf des Abendessens begannen sie auf Sams Vorschlag hin eine Liste mit Themen und Fragen zusammenzustellen, die Philippe seinem Interviewpartner bei der nächsten Zusammenkunft vorlegen sollte.

14. KAPITEL

Es war ein herrlicher korsischer Abend, die Luft war weich wie Samt, und die Gebrüder Figatelli warteten wie ausgemacht vor dem Eingang ihrer Bar in Calvi, nicht weit von jenem Haus entfernt, in dem einst Christoph Kolumbus das Licht der Welt erblickt hatte. Es hatte mehrere Tage gedauert, eine Audienz bei dem Mann zu erhalten, dem sie ihre Aufwartung machen wollten, was ihnen ohnehin nur dank einer kleinen Gefälligkeit gelungen war, die sie ihm im Vorjahr erwiesen hatten. Sie hatten ein Treffen im Hinterzimmer der Bar vorgeschlagen. Doch ihre Kontaktperson, ein vorsichtiger Zeitgenosse, wollte das Risiko vermeiden, in der Öffentlichkeit mit ihnen gesehen zu werden. Er zog es vor, einen Wagen zu schicken, der sie abholen und an einen Ort fahren sollte, an dem sie nicht so sehr auf dem Präsentierteller saßen.

Mit einer Pünktlichkeit, die auf Korsika nicht selbstverständlich ist, tauchte zur vereinbarten Zeit ein großer grauer Renault Laguna auf. Am Steuer saß ein Mann, der auf den ersten Blick keinen Hals zu haben schien – man sah nur einen wuchtigen Schädel, der aus den noch wuchtigeren Schultern ragte. Wortlos, nur mit einer ruckhaften Kopfbewegung, forderte er die Figatellis zum Einsteigen auf und fuhr los. Jeden Versuch seiner Fahrgäste, eine Unterhaltung zu beginnen, ignorierte er. Wenige Minuten später hielt er vor einem verwitterten alten Haus im historischen Altstadtviertel. Die Eingangstür ging auf, und auf der Schwelle erschien ein weiterer Riese, dessen ausladende Statur von einem hautengen T-Shirt betont wurde. Er führte die Figatellis durch einen schlecht beleuchteten langen Gang in einen höhlenartigen, abgedunkelten Raum mit einer hohen Gewölbedecke. Das einzige Lebenszeichen weit und breit war das gedämpfte Flimmern, das von einem auf lautlos gestellten Fernsehbildschirm herrührte.

Sie befanden sich in der Kommandozentrale von Nino Zonza, der seit einem halben Jahrhundert einer der einflussreichsten, mehr oder weniger geheimen Drahtzieher hinter den Kulissen der korsischen Unterwelt war. Diejenigen, die ihn kannten, wussten sowohl sein ausgedehntes Netzwerk an Informanten als auch die Genauigkeit seiner Informationen zu schätzen. Wenn man in Ajaccio einen Floh husten hörte, hatte die Neuigkeit, einer lokalen Legende zufolge, binnen einer Stunde Zonza in Calvi erreicht.

»Hereinspaziert. Nehmt Platz.« Die Stimme, die vom anderen Ende des Raumes zu ihnen drang, war leise, aber rauchig. Ihr Gastgeber, ein winziges, kahles Männchen, an dem der Zahn der Zeit genagt hatte, hockte wie ein Adler auf der Vorderkante eines Lehnstuhls, der einige Nummern zu groß für ihn war. Er spähte durch die dunklen undurchdringlichen Gläser einer Sonnenbrille zu den Gebrüdern Figatelli hinüber.

»Ich erinnere mich an euch, Jungs. Ihr wart nützlich. Was wollt ihr von einem alten Mann wie mir?«

»Es ist uns ein Vergnügen, Sie wiederzusehen, Monsieur Zonza«, entgegnete Jo formvollendet. »Und wir würden Ihre Hilfe sehr zu schätzen wissen.«

Zonza neigte den Kopf, die Gläser seiner Sonnenbrille spiegelten das Flimmern des Bildschirms wider.

»Uns ist ein Gerücht zu Ohren gekommen«, fuhr Jo fort. »Wie es scheint, stellen einige Russen von der Riviera Nachforschungen in Zusammenhang mit einem gewissen Auftrag an, den sie gerne erteilen würden. Es geht darum, jemanden verschwinden zu lassen.«

»Ach ja, solche Gerüchte machen heutzutage immer häufiger die Runde«, erwiderte der alte Mann und schüttelte lächelnd den Kopf. »Die guten alten Zeiten gehören der Vergangenheit an, die Welt ist gefährlich geworden.«

Jo erwiderte das Lächeln. »Wohl wahr. Nun, angeblich soll ein namhafter Marseiller Geschäftsmann irgendwie in diese Geschichte verwickelt sein. Und da wir einige Freunde in Marseille haben, wüsste ich gerne, um wen es sich handelt.« Jo spreizte die Hände und zuckte die Schultern. »Für den Fall, dass wir Ihnen behilflich sein können.«

»Ich verstehe euer Interesse. Aber Informationen dieser Art – dermaßen heikel und geheim – lassen sich nicht so leicht beschaffen. Und natürlich niemals umsonst.«

»Natürlich, natürlich. Wir sind gerne bereit …«

Zonza hob seine mit Altersflecken gesprenkelte Hand. »Es bleibt genug Zeit, um über die Einzelheiten der Vergütung zu sprechen, sobald die Informationen verfügbar sind. Ich werde darüber nachdenken. Sollte ich etwas hören, hinterlasse ich eine Nachricht in eurer Bar.«

»Sie kennen die Adresse?«, erkundigte sich Jo.

Zonza lächelte und entblößte dabei zahlreiche Goldzähne. »Ich bin über alles im Bilde, was Calvi betrifft.«

Sobald die Figatellis hinauseskortiert worden waren, schenkte sich Zonza ein Glas *Myrte* ein und überdachte seine Optionen. In der vergangenen Woche hatten die Oblomovs ihm ein reizvolles Angebot unterbreitet, das er in Erwägung zog. Jetzt hatten sich allem Anschein nach auch die Figatellis eingeklinkt: Als waschechter Korse zog er es selbstverständlich vor, Geschäfte mit seinen Landsleuten zu machen, vorausgesetzt sie waren gewillt, mit dem russischen Gebot gleichzuziehen. Wie auch immer: Es bestand keine Notwendigkeit, eine übereilte Entscheidung zu treffen. Möglicherweise ließen sich die Kontrahenten eine Weile hinhalten und schlussendlich beide zur Kasse bitten. Ein verlockender Gedanke. Er schenkte sich ein zweites Glas *Myrte* ein, drehte den Fernseher lauter und lehnte sich zurück, um sich die Wiederholung einer weiteren Episode von *Dallas* anzuschauen.

Die Gebrüder Figatelli saßen beim Kaffee im Hinterzimmer ihrer Bar und verglichen ihre Eindrücke von der Besprechung mit Zonza.

»Werde ich misstrauisch auf meine alten Tage, oder weiß der Kerl wesentlich mehr, als er zugegeben hat?«, meinte Flo.

»Er weiß genau, was da vorgeht. Wenn sogar Maurice in einem nüchternen Moment in der Lage war, das Gerücht aufzuschnappen, hat Zonza mit seinem Netzwerk ganz gewiss davon gehört. Wie viele seiner Informanten laufen auf der Straße herum und spitzen die Ohren? Ein Dutzend? Fünfzig? Er muss etwas wissen.«

Die Brüder saßen einen Augenblick lang schweigend da, sannen über Möglichkeiten nach, Zonza zur Weitergabe seiner Informationen zu bewegen. Er war kein Mensch, der unter Druck einknickte. Drohungen waren ebenfalls sinnlos. Geld könnte die gewünschte Wirkung erzielen, aber wie hoch wäre der finanzielle Einsatz?

»Wenn wir herausfinden könnten, wer diese Russen sind, hätten wir zumindest einige Handlungsoptionen«, erklärte Jo. Er holte sein Handy heraus. »Maurice muss her. Vielleicht erinnert er sich, woher seine Information stammt.«

Maurice betrat die Bar auf seine übliche vorsichtige Art, als erwartete er halb, ausgeraubt zu werden. Klein und dunkelhaarig, mit einem ungepflegten Bärtchen, brüstete er sich gern mit seinem unscheinbaren Aussehen. »Man taucht leicht unter in der Menge«, pflegte er stolz zu sagen. »Selbst in einem menschenleeren Raum nimmt man mich kaum wahr.« Es stimmte. Wie ein Chamäleon konnte er mit seiner jeweiligen Umgebung verschmelzen. Für einen Menschen, der seinen Lebensunterhalt mit Spitzeldiensten bestritt, war diese Gabe, sich unsichtbar zu machen, ein hohes Gut.

Er nahm ein Glas korsischen Whisky entgegen und blickte die Figatellis erwartungsvoll an, hoffte auf die Möglichkeit eines neuen Auftrags.

»Erinnerst du dich an das Gerücht, das dir zu Ohren gekommen ist?«, fragte Flo. »Über diese Russen?«

Maurice hob abwehrend beide Hände. »Hetzt mich nicht. Ich habe bereits in alle Richtungen sondiert, aber solche Informationen findet man nicht in den Abendnachrichten. Den Namen der Zielperson ermitteln? Das braucht seine Zeit.«

»Vielleicht wäre es einfacher, wenn wir die Namen der Russen kennen würden.«

»Aha.« Maurice kratzte sich am Bart. »Ihr habt recht. Eins führt zum anderen. Wollt ihr, dass ich …«

Flo grinste. »Dein kleiner Bonus wird von Mal zu Mal größer.«

Maurice leerte sein Whiskyglas und stand auf. »Meine Herren, es ist mir immer ein Vergnügen. Ich melde mich.«

15. KAPITEL

Das erste Interview mit Vronsky, bei dem Philippe die Strategie der schamlosen Lobhudelei verfolgt hatte, die er normalerweise nur bei unsicheren Kandidaten auf dem politischen Parkett anwandte, war zufriedenstellend verlaufen. Vronsky hatte ein wenig aus seiner Familie geplaudert, die eher musisch interessiert war; dass er ein Mathe-Ass war, hatte sie wenig interessiert. Von seinen Waffengeschäften redete er nicht, sondern er behauptete, nach dem Studium der Materialwissenschaften 2003 aus der Konkursmasse der Sowjetunion für Spottpreise Stahlfabriken aufgekauft zu haben, die dann privatisiert wurden und viel Geld abwarfen. Am Ende hatte Vronsky einen entspannten Eindruck gemacht, schien sich wohlzufühlen und eher geneigt zu sein, wie Philippe hoffte, das eine oder andere unbedachte Wort zu äußern. Immerhin hatte er schon unfreiwillig einen tief sitzenden Neid auf den ukrainischen Oligarchen Wiktor Pintschuk verraten, der, nachdem er in jungen Jahren ein Patent für die Produktion von Röhren ohne jede Nieten anmelden konnte, immer reicher geworden war, im 26. Stock eines exklusiven Gebäudes in Kiew residierte, ein eigenes Museum hatte und sich ständig mit Künstlern wie Damien Hirst oder Jeff Koons zeigte – Letzterer hatte für ihn sogar die Skulptur

»Zebrochenes Ei« geschaffen. Für die nächste Gesprächsrunde hatte Vronsky sich sogar einverstanden erklärt, den gemächlich schaukelnden Schoß der *Caspian Queen* zu verlassen und sich mit Philippe zum Mittagessen auf dem Festland, im *Peron* zu treffen; er hatte lediglich auf einem separaten Tisch für Nikki bestanden, seinen allgegenwärtigen Leibwächter.

Das Mittagessen begann mit einer Reaktion von Vronsky, die einen gelungenen Auftakt für das Interview bildete. Es war sein erster Besuch im *Peron,* und ihn begeisterte der weitläufige Meerblick, der die *Caspian Queen,* die in einer Entfernung von rund fünfhundert Metern vor Anker lag, in den Mittelpunkt der Betrachtung rückte.

»Sehen Sie?« Er deutete mit einem Kopfnicken auf die imposante Yacht. »Sie folgt mir, wie ein treuer Hund.«

Philippe lächelte und schenkte den Wein ein. »Ich denke gerade, dass Sie ein faszinierendes Leben führen, schon überall auf der Welt waren und Millionen – Entschuldigung, Milliarden – verdient haben. Es wäre eigentlich eine Riesenschande, sich auf einen einzigen Artikel zu beschränken, in den wir alles hineinquetschen müssten, was Sie bisher erreicht haben. Das schreit doch geradezu nach einer Sonderbehandlung.«

Vronskys Augenbrauen schnellten in die Höhe. »Schwebt Ihnen da etwas Bestimmtes vor?«

»In der Tat. Ich würde gerne Ihre Biografie schreiben, wenn Sie gestatten.«

Philippe hatte mit einer Reaktion gerechnet – einem Anfall falscher Bescheidenheit oder ein wenig gegenseitiger ›Gefiederpflege‹, doch Vronsky schwieg, während er sich den

Vorschlag durch den Kopf gehen ließ. Wie so viele reiche und erfolgreiche Männer wurde er oft heimgesucht von dem nagenden Gefühl, dass alles, was er besaß, schlussendlich nicht genug war. Etwas fehlte. Anerkennung, Ruhm, Prominentenstatus, wie immer man es auch beschreiben mochte. Mit anderen Worten: Es fehlte die ultimative öffentliche Bestätigung, dass er, Oleg Vronsky, eine Ausnahmeerscheinung, ein außergewöhnlicher Zeitgenosse war. Und eine gut geschriebene Biografie war ein Weg, um dieses Ziel zu erreichen.

»Mir schwebt vor«, hakte Philippe nach, »Sie als eine Art russischen Richard Branson darzustellen. Die Parallelen sind offensichtlich: bescheidene Anfänge, unorthodoxe, neue Ideen, Diversifikation der Geschäftsfelder – so wie Branson von Plattenfirmen bis Flugzeuglinien die verschiedensten Geschäftsfelder abdeckt, so haben auch Sie Ihr Portfolio in beeindruckender Weise ausgeweitet.« Er schüttelte den Kopf. »Tut mir leid. Ich weiß, dass wir hier sind, um an dem Interview zu arbeiten. Aber der Gedanke an die Biografie lässt mich einfach nicht mehr los. Könnten Sie sich vorstellen, ihn in Erwägung zu ziehen?«

Vronsky wirkte leicht verwirrt, nickte jedoch schließlich und deutete ein Lächeln an.

Nachdem das Samenkorn eingepflanzt war, kehrte Philippe zu seinen Notizen zurück und begann mit seinen Fragen. Sie fingen harmlos genug an: Wie gefiel es Vronsky in Frankreich? Wo würde er nach seiner Abreise aus Marseille als Nächstes Station machen? Spielte er Golf? Wo stieg er ab, wenn er sich in London oder Paris aufhielt? Hatte er einige Zeit an der Riviera verbracht?

Diese Frage führte zwangsläufig zur nächsten. »Ich habe gehört, dass sich die Russen mittlerweile vorzugsweise in Südfrankreich ansiedeln«, sagte Philippe. »Kennen Sie viele von ihnen?«

»Ein paar«, erwiderte Vronsky. »Aber sie leben nicht hier. Diese Gegend ist ihnen zu ruhig – nicht genug Partys. Sie ziehen die Riviera vor. Cap d'Antibes zum Beispiel. Ich war erst kürzlich dort, und es kam mir so vor, als wäre ich in einem Außenbezirk von Moskau gelandet.«

Während das Mittagessen seinen Lauf nahm und der Wein reichlich floss, ließ sich Vronsky zu dem Geständnis hinreißen, dass seine Zeit kostbar sei und er wenig für seine Landsleute übrig habe: »Bauern größtenteils, die eine Glückssträhne hatten, laut, vulgär und unkultiviert.« Philippe, der diese Einschätzung etwas oberflächlich fand, war nicht restlos überzeugt. Er machte sich im Geiste eine Notiz, die russische Kolonie an der Küste genauer unter die Lupe zu nehmen.

»Was halten Sie von Ihrem Landsmann Dmitri Rybolowlew?«, fragte Philippe nun. Die Frage barg ein gewisses Risiko, Vronsky zu verstimmen. Denn Rybolowlew, der früher Medizin studiert, sogar promoviert und als Kardiologe gearbeitet hatte, war nach dem Ende des Kommunismus in Besitz der Düngemittelfirma Uralkali gekommen und hatte so viel Gewinn gemacht, dass er zu einem der reichsten Männer der Welt geworden war. Im letzten Jahr hatte er Aufsehen erregt als Sponsor des Fußballvereins AS Monaco, den er vor der Insolvenz rettete und für den er die Stars der kolumbianischen Nationalmannschaft, Falcao und James Rodríguez, einkaufte. Philippe glaubte seinem Gesprächspartner signalisieren zu müssen, dass er nicht ganz grün hinter den Ohren war und sich ein wenig auskannte, sonst würde er auf Dauer von ihm nicht ernst genommen werden.

»Ach, der Kali-König«, sagte Vronsky mit leicht gereiztem Unterton.« Wir kennen uns nur flüchtig, seine Geschäfte macht er ja vom Genfer See aus. Er hat jetzt ein paar Schwierigkeiten durch die Scheidung von seiner Frau Jelena. Das nimmt ihn doch sehr in Anspruch. Ich kenne das, habe das früher selbst erlebt.«

Und ihr habt noch eine weitere Gemeinsamkeit, dachte Philippe. Auch Rybolowlew hatte sich einen Konkurrenten vom Leibe geschafft, indem er ihn ermorden ließ, er war dafür sogar 1996 rechtskräftig in Moskau verurteilt worden, aber wieder freigekommen, weil ein Zeuge der Anklage plötzlich umgefallen war und seine belastende Aussage widerrief. Das hatte Philippe in der Fußballzeitung *France Football* gelesen. Seitdem lebte Rybolowlew mal in New York, Monaco oder eben Cologny am Genfer See. Sein Aktienpaket an Uralkali hatte er, wohl auf Druck von Putin selbst, an den russischen Parlamentsabgeordneten und Unternehmer S. A. Kerimow veräußert, der natürlich auch einen sündteuren Fußballclub hatte, Anschi Machatchkala. Aber das alles behielt Philippe für sich.

Als sich das Mittagessen seinem Ende näherte, teilte er Vronsky mit, er habe nun genug Material gesammelt, um mit dem Artikel zu beginnen, und versprach einen Fotografen vorbeizuschicken, der Aufnahmen des Oligarchen auf seiner Yacht und vielleicht noch am Steuer seines Bentley machen sollte. Sie trennten sich in bestem Einvernehmen, ein jeder mit dem Gefühl, die Besprechung sei mehr als zufriedenstellend verlaufen.

Nino Zonza war in einer Gemütsverfassung, die er in seinem Leben nur selten kennengelernt hatte und die ihm daher zu schaffen machte: Er war voller Wankelmut. Normalerweise ein Mann der schnellen Entschlüsse, fühlte er sich hin- und hergerissen zwischen dem lukrativen Handel, den er mit den Oblomovs eingehen konnte, und dem natürlichen Instinkt, sich mit den Figatellis zu verbünden, die wie er glühende korsische Patrioten waren.

Erschwerend kam das Problem hinzu, was man mit den Verlierern machen sollte. Wenn die Würfel zugunsten der Figatellis fielen, würden die Oblomovs mit Sicherheit auf Rache sinnen. Und wenn er den Pakt mit den Oblomovs schloss? Calvi war ein beschauliches Hafenstädtchen, in dem kaum etwas verborgen blieb. Die Figatellis würden zweifellos herausfinden, dass er sich gegen sie verschworen hatte. Das würde ihren Unmut erregen, und ein gereizter Korse vor der eigenen Haustür stellte eine Gefahr für Leib und Leben dar.

Letztendlich trug genau diese Überlegung dazu bei, zu einer Lösung zu gelangen, die er befriedigend fand: Das Problem an die Gewinner weiterreichen und ihnen die Entscheidung überlassen, wie man mit den Verlierern verfahren sollte. Ja, das war's! Ein einfacher, aber, so schien es ihm, genialischer Schachzug. Er zitierte seinen Chauffeur herbei und drückte ihm eine in aller Eile verfasste Notiz in die Hand, die er in der Bar der Figatellis, Rue de la Place, abliefern sollte.

Die Besprechung war für den darauffolgenden Abend anberaumt. Wie schon beim ersten Mal wurden Jo und Flo Figatelli unweit der Zitadelle aufgelesen und von dem stummen Chauffeur in Zonzas Haus abgeladen. Doch dieses Mal ließ der Alte mit einem Tablett, das mit drei Gläsern und einer Flasche *Myrte* auf einem niedrigen Tisch vor seinem Armsessel Anzeichen von Gastfreundschaft erkennen, als seine Besucher eintrafen.

»Wie ich bereits in meiner kurzen Mitteilung erwähnte, sind mir gewisse Informationen zu Ohren gekommen, die für euch von Interesse sein könnten«, erklärte er. »Ich gehe gleich auf die Einzelheiten ein, aber zuvor wäre euch vielleicht eine kleine Erfrischung genehm.« Er verzog den Mund zu einem Lächeln und füllte die drei Gläser, wobei er die Flasche mit beiden Händen umklammerte, damit das altersschwache Zittern nicht so sehr auffiel.

Er hob sein Glas. »Auf euch, meine korsischen Brüder.« Sie tranken einen Schluck des scharf-süßlichen Gebräus. Zonza betupfte seine Lippen mit einem seidenen Taschentuch, lehnte sich in seinem Sessel zurück und ergriff das Wort.

Der Anruf kam später am Abend, just in dem Moment, als Reboul patschnass aus der Dusche trat. Als das Gespräch endete, war er trocken. Er kleidete sich rasch an und ging hinunter, wo er Sam vorfand, der sich gemeinsam mit Elena ein Glas Wein vor dem Abendessen gönnte. Die beiden ignorierend, eilte er schnurstracks zur Bar und schenkte sich einen mehrstöckigen Brandy ein.

»Francis, Sie machen ein Gesicht, als hätten Sie ein Gespenst gesehen.« Sam eilte zu ihm und klopfte seinem Freund auf die Schulter. »Was ist passiert?«

Reboul stärkte sich mit einem großen Schluck Brandy, bevor er antwortete, und Sam bemerkte, dass die Hand, die das Glas hielt, zitterte. »Ich habe gerade einen Anruf aus Calvi erhalten, von Jo Figatelli.« Ein weiterer Schluck Brandy folgte. »Dort wurde ein Mordauftrag erteilt. Die Zielperson bin ich.«

»*Wie bitte?*«

»Jo sagt, die Auftraggeber sind zwei *voyous,* sprich Ganoven übelster Sorte, Russen alle beide, und das kann kein Zufall sein. Da steckt Vronsky dahinter, dieser Mistkerl. Er ist der heimliche Drahtzieher, da bin ich mir sicher.«

Elena und Sam sahen fassungslos zu, wie Reboul sein Glas in einem Zug leerte und nachschenkte. »Gibt es dafür Beweise?«, fragte Sam. »Oder ist das nur ein Kneipengerücht?«

Reboul schüttelte den Kopf. »Jo ist zu clever, um derartiges Geschwätz für bare Münze zu nehmen. Und abgesehen davon, stammt die Information von einem, der es wissen muss, einem alten Ganoven namens Zonza, bei dem die meisten Fäden der organisierten Kriminalität in Calvi zusammenlaufen. Er wurde von zwei Russen kontaktiert, den Oblomovs, die sich auf der Suche nach Unterstützung für die Durchführung eines Auftrags befanden. Sie haben Zonza eine Menge Geld in Aussicht gestellt, wenn er ein paar verlässliche Männer auftreibt – Korsen offensichtlich –, die mit ihnen gemeinsam die nötige Vorarbeit leisten. Das sollte normalerweise kein Problem sein, doch es gibt eine Komplikation: Der Auftrag muss auf Korsika und nicht auf dem französischen Festland erledigt werden.«

»Warum denn das?«, fragte Elena, aber dann fiel der Groschen. »Ah, jetzt begreife ich. Wenn Vronsky dahintersteckt, hält er sich zur fraglichen Zeit in sicherer Entfernung von Korsika auf. Sein übliches Alibi, richtig? Er ist meilenweit weg, und er hat Zeugen, um das zu beweisen. Alles in bester Ordnung – eine blütenweiße Weste, keine Sorgen.«

Reboul hatte sich inzwischen ein wenig erholt. Der Schock war dem Zorn gewichen, und er kochte vor Wut. »Wie können wir uns diesen Irren vom Hals schaffen?«

»Nun, ohne ein paar hieb- und stichfeste Beweise bringt es nichts, die Polizei einzuschalten, und bisher ist es ihm ganz gut gelungen, seine Spuren zu verwischen«, erwiderte Sam. »Wenn wir davon absehen, sein Schiff in die Luft zu jagen oder seinen Leibwächter zu bestechen, diesen Kerl über Bord zu werfen, wird es nicht so leicht sein, ihm das Handwerk zu legen. Aber ich bin sicher, wir finden eine Möglichkeit. Wo ein Wille ist, ist bekanntlich auch ein Weg.« Und siehe da, im Verlauf des Abends konnte Sam tatsächlich mit einem Vorschlag aufwarten, der Potenzial hatte, wie alle einstimmig erklärten.

»Zugegeben, das Ganze ist ein Vabanquespiel«, räumte er ein. »Aber wenn wir die Oblomovs in flagranti erwischen, hätten wir ein schwerwiegendes Druckmittel gegen sie in der Hand. Angesichts der Wahl zwischen einer Kugel im Kopf, einer lebenslangen Freiheitsstrafe und einer Kooperation könnte man sie vielleicht eher überzeugen, sich für die Kronzeugenregelung zu entscheiden, alles über Vronskys Machenschaften auszuplaudern und ihn mit einer Anklage wegen Anstiftung zum Mord seinem Schicksal zu überlassen. Das sollte ausreichen, um ihn für lange Zeit hinter Gitter zu bringen, in einem Marseiller Gefängnis, das als ausbruchsicher gilt. Das größte Problem ist natürlich, sie auf frischer Tat zu ertappen, und damit die Falle zuschnappt, brauchen wir einen Köder.«

Sam hielt inne und wandte sich an Reboul. »Mit anderen Worten, die Oblomovs müssen erfahren, dass Sie, lieber Francis, sich in Korsika aufhalten, damit sie sich an ihr schmutziges Werk machen können.«

Inzwischen war es spät geworden, und es handelte sich um eine Entscheidung, die man nicht auf die leichte Schulter nehmen sollte. Sie kamen überein, eine Nacht darüber zu schlafen, doch bevor Sam zu Bett ging, rief er kurz bei Philippe an.

Der nächste Morgen war grau und regnerisch, für Marseille eine Seltenheit, doch das Wetter entsprach den trüben Mienen des Trios, das am Frühstückstisch saß und auf Philippe wartete. Reboul, der kaum ein Auge zugetan hatte, sah hohlwangig aus, und es bedurfte einer großen Dosis Kaffee und Mitgefühl von Elena und Sam, um seine Lebensgeister zu wecken.

Philippe traf ein, durchnässt und besorgt. Sam hatte ihm die Hiobsbotschaft in groben Zügen übermittelt, doch die Einzelheiten ausgespart. »Jetzt schießt los, von Anfang an, ich möchte alles wissen«, erklärte er, und Reboul fasste noch einmal die Unterhaltung des Vorabends zusammen, woraufhin Philippe ungläubig den Kopf schüttelte. »Das kann doch nicht wahr sein! Sind Sie absolut sicher, dass an der Geschichte etwas dran ist?«

»Auf Jo ist Verlass. Er lässt sich weder ins Bockshorn jagen, noch neigt er dazu, Dinge zu erfinden. Ich glaube ihm.«

»Und Sie glauben, Vronsky würde so weit gehen, nur weil Sie sich weigern, ihm Le Pharo zu verkaufen?«

Reboul beugte sich vor und trommelte auf den Tisch, um seinen Worten Nachdruck zu verleihen. »Es wäre ja nicht das erste Mal, oder? Darf ich an seinen Geschäftspartner in Afrika erinnern? An seinen Geschäftspartner in Russland? An einen Geschäftskontakt in New York? Alle haben ein jähes Ende gefunden. Er geht über Leichen, das ist seine Lösung für den Umgang mit Leuten, die ihm im Weg stehen. Vronsky denkt nicht daran, sich an Regeln und Gesetze zu halten. Er macht, was er will, und bildet sich ein, ungestraft davonzukommen, und bisher hat er damit recht behalten. Warum sollte es dieses Mal anders laufen? Kurzum, ich glaube Jo.«

Am Tisch kehrte Schweigen ein, bis Reboul aufstand und begann, hin und her zu marschieren. »Mir reicht's«, sagte er. »Ich bin in meinem ganzen Leben noch nie vor einem Problem davongelaufen, und ich werde jetzt nicht damit anfangen.« Er blieb vor Sam stehen. »Einverstanden. Rufen Sie Joe an und arbeiten Sie mit ihm gemeinsam einen Plan aus. Ich fliege nach Korsika!«

Doch bevor es so weit war, wollte Francis Reboul noch einmal in die Kindheit eintauchen. Der Gedanke schien absurd, aber es konnte sein, dass sein Leben bald vorbei wäre und er dazu keine Gelegenheit mehr hätte. Als der Regen aufhörte, ließ er sich von Olivier in einer der verstopften Verkehrsadern in der Nähe der bombastischen grauen Cathédrale de la Major absetzen und hieß ihn, hier unbestimmte Zeit zu warten. Reboul starrte eine Zeit lang auf die Kräne und Gerüste, die sich an den Hafenkais entlangzogen, er sog die Luft ein, die nach dem Regen weniger als sonst nach Salz und Motorenöl schmeckte. Er blickte auf eine Fähre, die von den Frioul-Inseln zur Stadt zurückkehrte und stieg dann langsam den Hügel hinauf. Die engen Gassen, die rot verputzen Häuser mit den grünen Fensterläden, an denen Wäsche hing, die Rufe, das Kinderlachen, all das nahm ihn schnell wieder gefangen. Aus den Häusern roch es nach *rouille,* nach der ganz eigenen Marseiller Art, Knoblauch, und Pfeffer mit Kartoffeln und Seeigelfleisch zu verbinden. Aus den Gaststätten kamen die Ausdünstungen der *bouillabaisse,* wie sie so nur hier gemacht wurde: mit Rotbarsch, Meeraal, Petersfisch, Seeteufel, Knurrhahn, dazu Krebse oder gelegentlich eine Languste. Man hörte alle möglichen Sprachen.

Als die Deutschen 1943 Marseille besetzt hielten, erwogen sie dieses kosmopolitische Quartier du Panier, das Viertel der Seeleute und Huren sowie der Italiener und des orientalischen Marktes abzureißen, weil sie es unkontrollierbar fanden. Rebouls Vater hatte hier gelebt, bis in die Siebzigerjahre sich und die Familie vom Fischfang ernährt, dann ging es bergab. Francis hatte als Jugendlicher gemerkt, dass er es allein schaffen musste, sich plötzlich auf der Schule angestrengt, auch wenn ihm außer Mathematik alles schwerfiel, und dann hatte es sich einfach für alles, was irgendwie nach einem Geschäft roch, interessiert.

Er verschnaufte kurz, kaufte sich ein Sandwich mit Thunfisch und Oliven und stieg weiter an, bis er vor der Guten Mutter stand, *La Bonne Mère,* wie alle Welt die Basilika Notre-Dame de la Garde nannte, die seit 1853 über Marseille und die Seeleute wachte, benannt nach der großen Silberstatue der Muttergottes mit dem Kind über dem Hauptalter. Seine Mutter hatte ihn in seiner Kindheit jeden Sonntag hierher in die Messe gebracht, und als er mit vierzehn oder fünfzehn Jahren mit dieser Sitte brach, hatte sie nicht aufgehört, darüber zu schimpfen, was er ihr nie übel genommen hatte. Jetzt kam es ihm vor, als bräuchte auch er höheren Beistand gegen diesen skrupellosen Vronsky, so wie seine Mutter um Beistand im Kampf um das tägliche Brot gebetet hatte.

Als er endlich wieder unten war, wirkte Olivier vom langen Warten zermürbt und griesgrämig. Der Chauffeur warf ihm einen schrägen Blick zu, als er Reboul die Tür offenhielt. »Du brauchst gar nicht so gucken«, sagte Francis, »ich bin es nicht, der andere warten lässt, nur weil er seine Tante besucht. Bei mir handelt es sich um die wirklich wichtigen Dinge.«

Dann schaute er die neuen Nachrichten auf seinen Smartphone durch. Sein Freund aus Paris hatte bei der *Association d'entraide de noblesse* in mit Erfolg recherchiert: Der Makler Pertuis nannte sich durchaus zurecht Vicomte. Reboul schrieb zurück: »Danke für deine Mühen, aber der Kontakt zum Vicomte ist inzwischen abgebrochen. Vronsky versucht es jetzt auf ganz andere Weise.«

16. KAPITEL

Die Gebrüder Figatelli standen in der Eingangstür zu ihrer Bar und warfen einen prüfenden Blick auf ihre Armbanduhren, während die frühabendliche Parade der Touristen die Rue de la Place hinauf und hinunter defilierte. In dem engen Zimmer hinter dem Schankbereich, der als Büro diente, war eine Flasche Clos Capitoro, ein edler Rotwein aus Porticcio, geöffnet worden, damit er atmen konnte. Sam hatte gerade angerufen, er war auf Saint-Catherine, dem Flughafen von Calvi, gelandet und bereits unterwegs. Die Figatellis konnten es kaum erwarten, ihn wiederzusehen. Langeweile würde mit diesem sonderbaren Sonnyboy aus Kalifornien, so viel sagte ihnen ihre Erinnerungen, keinen Moment lang aufkommen.

Draußen vor der Bar hielt ein Taxi, und die Figatellis nahmen zu beiden Seiten des Eingangs Aufstellung. Das ausgeklügelte Begrüßungsritual, das sie einleiteten, als Sam aus dem Taxi stieg, uferte bald in begeisterte Umarmungen aus, bevor sie gemeinsam zum Büro gingen.

»Nun, meine Freunde, wie in alten Zeiten«, sagte Sam. »Wollt ihr anfangen oder soll ich?« Er nahm das Glas Wein entgegen, das Flo ihm reichte, und probierte einen Schluck davon.

»Mhm. Daran könnte ich mich gewöhnen.«

»Aus eigener Produktion«, antwortete Jo. »Wir haben Neuigkeiten, aber warum machst du nicht den Anfang? Wie geht es Francis?«

»So lala, er ist ganz schön wütend auf Oleg Vronsky. Und er ist fest entschlossen, nach Korsika zu kommen, auf Teufel komm raus. Er hat sogar einen triftigen Grund für die Reise gefunden. Wusstet ihr, dass eine Tante von ihm hier lebt? Sie hat ein Haus in einem Dorf namens Speloncato, und er will das Gerücht in Umlauf bringen, dass sie sich von einer Operation erholen muss und er sich vergewissern möchte, dass sie die angemessene Pflege erhält. Ich bin nicht besonders erfreut angesichts der Vorstellung, dass er sich in die Höhle des Löwen begibt, doch darüber reden wir später. Falls er sein Vorhaben wahrmacht, müssen wir einen Weg finden, für seine Sicherheit zu sorgen.«

»Wir haben da etwas, was dazu beitragen könnte«, ließ sich Jo vernehmen. »Als wir Zonza einen Besuch abgestattet haben, wollten wir die Namen der beiden Typen wissen, die den Oblomovs zur Hand gehen sollen. Sie stammen von hier, und wir haben Freunde, die sie persönlich kennen. Es gibt also eine Reihe interessanter Optionen.« Er hielt inne, um die Gläser aufzufüllen. »Erstens besteht durchaus die Chance, dass wir die beiden Burschen überreden können, die Seite zu wechseln und uns zu erzählen, was die Oblomovs mit Francis vorhaben – wie sie den Auftrag erledigen wollen und wann. Und zweitens könnten wir diese Informationen dann verwenden, um die Oblomovs in einen Hinterhalt zu locken, bevor sie die Gelegenheit haben, jemanden in Gefahr zu bringen.«

»Das klingt gut«, entgegnete Sam. »Aber vergesst nicht, schlussendlich geht es darum, Vronsky festzunageln. Was wir brauchen, sind Beweise, dass er der Drahtzieher ist. Wir brauchen die Geständnisse der Oblomovs.«

Die Strategiesitzung wurde fortgesetzt, während sich die Weinflasche leerte. Als Sam am nächsten Morgen zum Flughafen aufbrach, hatte man sich auf einen hieb- und stichfesten Plan geeinigt, bei dem es lediglich noch ein einziges kleines Problem zu lösen galt: Die Oblomovs mussten irgendwie erfahren, wann und wo Rebouls Besuch in Korsika stattfinden sollte, ohne dass sie Verdacht schöpften. Doch die Figatellis zweifelten nicht daran, dass Zonza als Überbringer dieser Information eingesetzt werden konnte.

Als Sam während des fünfundfünfzig Minuten dauernden Rückflugs nach Marseille den Plan noch einmal Revue passieren ließ, gelangte er zu der Schlussfolgerung, dass sich der Abstecher nach Korsika gelohnt hatte.

Geduld hatte noch nie zu Oleg Vronskys Tugenden gehört, und nun, da die Entscheidung gefallen war, Reboul aus dem Weg zu räumen, drängte er darauf, konkrete Vorbereitungen zu treffen. Die regelmäßigen Anrufe von einem der beiden Oblomovs, die stets in den Abendstunden erfolgten, hatten sich bisher als Enttäuschung erwiesen. Fortwährend drehten sich die Diskussionen um dasselbe Problem – wie man Reboul dazu bringen könnte, sich nach Korsika zu begeben. Ein Plan nach dem anderen war geschmiedet, durchleuchtet und verworfen worden. Ein zutiefst frustrierendes Unterfangen. Enttäuscht war er auch von seinem alten Militär- und Studienfreund Sergej Kalinin, der ihm doch versprochen hatte, in der Stadtverwaltung herauszufinden, ob es irgendwelche besonderen Vereinbarungen bei dem Kauf des Palais durch Reboul gegeben hatte. Bislang hatte er absolut nichts von Kalinin gehört, und als Vronsky ihn anrufen wollte, hatte sich Sergej tatsächlich von seiner Sekretärin verleugnen lassen.«

Als Sascha Oblomov unverhofft vom üblichen Muster abwich und morgens anrief, hatte Vronsky das Gefühl, dass sich das Blatt endlich zu seinen Gunsten gewendet haben könnte.

»Du hast Neuigkeiten für mich?«, fragte er.

»Die besten«, erwiderte Oblomov. »Ich habe gerade einen Anruf von meinem Kontaktmann in Calvi erhalten. Er hat mir mitgeteilt, dass Reboul nächste Woche für ein paar Tage nach Korsika kommt. Es will hier eine alte Tante besuchen. Und jetzt wird es wirklich interessant. Sie lebt nämlich in einem Dorf namens Speloncato – nicht allzu weit von Calvi entfernt, aber abgelegen, ein kleines Nest hoch droben in den Bergen, mitten in der Pampa. Klingt perfekt. Ihn auf der Hin- oder Rückfahrt zu erwischen dürfte keine großen Schwierigkeiten bereiten.»

Vronsky atmete erleichtert auf. »Gut. Sehr gut sogar. Meldet euch, sobald ihr einen Plan ausgearbeitet habt.«

In bester Laune setzte sich Vronsky mit Philippe in Verbindung, um ihm zu erklären, dass die Fotositzung, die für die folgende Woche anberaumt war, verschoben werden müsse. Eine dringende geschäftliche Angelegenheit erfordere seine Anwesenheit in Paris. Philippe war das Verständnis in Person und wünschte ihm eine gute und erfolgreiche Reise. Vronsky blieb also nur noch eines zu tun, nämlich seiner Sekretärin die Anweisung zu erteilen, seine gewohnte Suite im Bristol-Hotel nahe der Champs Élysées reservieren zu lassen, *et voilà*. Sein Alibi war bombensicher.

Philippes journalistische Erfahrung ließ ihn stets misstrauisch werden, wenn seine Interviewpartner in letzter Minute wegen Geschäftsterminen absagten, und da er sogleich eine russische Finte witterte, setzte er sich umgehend mit Sam in Verbindung.

»Das habe ich schon mehrmals erlebt«, sagte er. »Normalerweise mit Politikern, die mit heruntergelassener Hose erwischt wurden und den Ball eine Weile flach halten wollen. Diesesmal habe ich keine Ahnung, woran es liegen könnte.«

»Ich schon«, erwiderte Sam. »Die Absage bedeutet, dass es losgeht. Könntest du heute früher Feierabend machen, damit wir Francis einweihen können?«

Als Philippe am späten Nachmittag eintraf, fand er Reboul erstaunlich entspannt für einen Mann, dessen Leben bedroht war. Er öffnete eine Flasche Champagner, bevor sich die drei zusammensetzten, um die Strategie zu besprechen.

»Keine Sorge, mir passiert schon nichts«, sagte er. »Ich habe Sie beide, die Figatellis und ihre Kontaktpersonen, und ganz besonders wichtig: Wir befinden uns im Besitz von Vorabinformationen und wissen genau, was sie versuchen werden, bevor sie den ersten Schritt tun. Dass sich Vronsky nach Paris absetzt, beweist, dass er der Drahtzieher ist. So macht er es immer – wenn Unfälle geschehen, glänzt er durch Abwesenheit.« Er hob sein Glas. *»Bon voyage!«*

Sam hatte Pläne für Reboul ausgearbeitet, doch das konnte warten; er wollte seinem optimistischen Freund nicht die Stimmung verderben. Sie verbrachten eine kurzweilige halbe

Stunde, bevor Philippe aufbrechen musste, um einem seiner weniger spannenden Aufträge nachzugehen – ein Bericht über eine Cocktailparty, die anlässlich der Eröffnung der neuen Zweigstelle einer lokalen Bank stattfand. »Warmer Weißwein und Schulterklopfen zuhauf«, sagte er. »Aber sie schalten regelmäßig Werbeanzeigen in unserer Zeitung, also muss sich jemand opfern.« Er seufzte, leerte sein Glas Champagner, blickte mit Bedauern auf den Rest in der Flasche und ging.

»Ich finde, ich sollte mitkommen.«

»Auf gar keinen Fall.«

Elena und Sam befanden sich in ihrer Suite und bereiteten sich entspannt darauf vor, hinunterzugehen und Reboul beim Abendessen Gesellschaft zu leisten. Elena hatte vorgeschlagen, Sam und Reboul nach Korsika zu begleiten, eine Idee, der Sam nicht das Geringste abzugewinnen vermochte. »Es ist viel zu gefährlich.«

»Unsinn. Ich habe dich, Francis, die Figatellis und die Hälfte der korsischen Unterwelt, hinter denen ich mich verstecken kann. Und abgesehen davon bin ich überzeugt, dass Francis weibliche Unterstützung braucht. Und vor allem anderen möchte ich einfach dabei sein.«

»Keine Chance.«

Das Wortgefecht wurde fortgesetzt, bis Elena im Badezimmer verschwand, um in einem spinnwebenzarten Hauch von Seide wieder aufzutauchen, der als Unterwäsche diente.

»Warum ziehst du eigentlich immer deine Kleider aus, wenn du Gefahr läufst, bei einer Diskussion den Kürzeren zu ziehen?«, fragte Sam. »Könnte das Zufall sein?«

»Das ist *kein* Zufall, Liebster. Das nennt man Taktik. Beweg deinen Luxuskörper hierher.«

Der verbale Schlagabtausch wurde vertagt.

Sie kamen zum Abendessen hinunter, ein wenig verspätet und ein wenig erhitzt, und fanden Reboul ruhelos, aber vor guter Laune strotzend vor. Er hatte sich unverkennbar mit der Situation abgefunden und war zuversichtlich, dass Sam und die Figatellis alles im Griff hatten. Fast konnte man den Eindruck gewinnen, dass er den Anhauch von Gefahr stimulierend fand. Er bestürmte Sam mit Fragen. Sollte er sich bewaffnen? Was war mit einer kugelsicheren Weste?

Sam erkannte die typische Reaktion eines Novizen. Sie war gekennzeichnet von erhöhter Wachsamkeit und Erregung, gepaart mit einem gehörigen Schuss Adrenalin, der oft mit erhöhter Risikobereitschaft einhergeht. Sam beschloss, ihm zur Auflockerung einige scherzhafte Tipps bezüglich der Vorbereitung auf das große Abenteuer zu geben.

»Erstens, geschossen wird erst dann, wenn man das Weiße im Auge des Feindes erkennt. Zweitens, beim Betreten von vermintem Gelände immer den Chauffeur vorausschicken. Und drittens, niemals telefonieren, wenn jemand eine Waffe auf Sie richtet.«

Reboul schüttelte lachend den Kopf. »Schon gut, schon gut. War ja nur eine Frage.«

Während des Abendessens wandte sich die Unterhaltung dem Thema Vronsky zu. Wie Philippe berichtet hatte, war er in Paris. »Wissen wir, wo er in Paris abgestiegen ist?«, erkundigte sich Reboul.

»Gute Frage«, sagte Sam. »Ich werde Philippe bitten, es herauszufinden. Er kann behaupten, dass er sich mit ihm in

Verbindung setzen muss wegen des nächsten Termins für die Fotositzung. Apropos Paris, hat Ihr Freund Hervé, der Polizeichef, nicht ein paar gute Kontakte in der Metropole? Vronsky muss möglicherweise überredet werden, die französische Gastfreundschaft noch ein wenig länger in Anspruch zu nehmen.«

»Natürlich. Ich rufe Hervé gleich morgen an.«

Elena war sich durchaus bewusst, dass Sam keineswegs die Absicht hatte, Reboul einer Gefahr auszusetzen, aber die Sorge um den Freund ließ sich nicht verdrängen. »Diese beiden russischen Schlägertypen, die Oblomovs – wie sollen sie dazu gebracht werden, den Whistleblower zu spielen und Vronsky zu verpfeifen?«

»Daran arbeite ich noch«, erwiderte Sam. »Wir hatten schon eine Idee, die das Problem lösen könnte, doch ich bin abergläubisch. Wie es so schön heißt, soll man das Fell des Bären nicht verteilen, bevor er erlegt ist.«

Die Idee, von Sam und den Figatellis im Hinterzimmer der Bar ausgebrütet, musste zuerst einer Bewährungsprobe unterzogen werden. Wieder einmal setzten sich die Brüder mit Nino Zonza in Verbindung. Nachdem das obligatorische Glas *Myrte* getrunken und gepriesen war, eröffnete Jo Figatelli die Verhandlung mit einer Frage, deren Antwort er bereits kannte. Aber er brauchte eine Bestätigung. »Sagen Sie, Monsieur Nino, diese beiden Männer, die Sie so schnell für das Gemeinschaftsprojekt mit den Oblomovs gewinnen konnten, stammen die von hier?«

Zonza nickte. »Zwei Einheimische. Sehr gut, aber auch sehr teuer. Ich war entsetzt.« Er zuckte die Achseln. »Aber Qualität hat nun mal ihren Preis.«

Die Figatellis nickten mitfühlend im Gleichtakt. »Schrecklich, einfach schrecklich«, stöhnte Jo. »Kennen die beiden die Oblomovs?«

»Noch nicht. Sie werden sich morgen zum ersten Mal begegnen, wenn die Oblomovs in Korsika eintreffen. Warum fragst du?«

»Weil wir da einen Vorschlag hätten, der Ihre Kosten verringert und uns allen das Leben erleichtert«, sagte Jo.

Zonza beugte sich vor – der angenehme Gedanke, Geld einzusparen, entfachte zusätzlich seine Neugierde. »Was schwebt euch vor?« Er gestattete sich einen kleinen Scherz. »Nichts Illegales, hoffe ich!«

»Nie im Leben! Nur ein kleiner Personalwechsel. Sie streichen die Jungs von Ihrer Lohnliste.«

»Und dann?«

»Dann nehmen Sie uns in Ihre Dienste. Wir arbeiten kostenlos.«

Zonzas dunkle Augenbrauen schnellten in die Höhe, er nickte gedankenvoll. »Noch ein Glas *myrte,* meine Herren?«

»Stadtverwaltung Marseille, Liegenschaften, Sophie Pichon am Apparat, was kann ich für Sie tun.«

»Sie können nicht, Sie müssen, Madame Pichon«, antwortete eine kühle Stimme auf Englisch, die die Frau zusammenzucken ließ.« »Mein Kollege begleitet übrigens gerade Ihre Kinder ...«

Sophie stöhnte entsetzt auf und spürte, wie ihr der Schweiß auf die Stirn trat. Die Hand, in der sie den Hörer hielt, begann zu zittern, und sie wollte schreien, so laut und grell, dass alle es hörten und ihr zu Hilfe kämen, aber zu ihrer Verwunderung drang kein Laut aus ihrer Kehle. Sie konnte nicht einmal mehr schreien, so sehr war sie eine Gefangene der Angst.

»Sie kommen sich wohl äußerst schlau vor, weil Sie Ihre Kinder jetzt immer eine andere Route zur Schule gehen lassen, was? Bloß ist der Weg von der Schule zum Hort und später vom Hort heimwärts auch voller Risiken, und glauben Sie, ich habe Geduld, Ihnen die Rechnung zu präsentieren, das kann durchaus erst in einem Jahr sein, wenn Sie meinen, alles wäre vorbei … Irgendwann lässt selbst die Wachsamkeit einer treu sorgenden Mutter nach … So ist der Mensch.«

»Lassen Sie meine Kinder aus dem Spiel, ich flehe Sie an.«

»Besorgen Sie endlich die Akte! Den Vertrag, was auch immer über den Verkauf von Le Pharo dokumentiert worden ist. Vor zwei Tagen haben Sie gesagt, heute.«

»Ich hätte Sie heute noch angerufen. Morgens ist hier eine Kollegin im Zimmer, die halbtags arbeitet, da geht es nicht.« Das war nicht einmal gelogen.

»Morgen früh müssen Sie liefern.«

»Aber …?« Sie hörte lediglich ein Klicken, dann war die Leitung tot.

In der letzten Woche war es Sophie zweimal gelungen, unter einem Vorwand in den Keller zu gehen und ein paar Minuten, die ihr wie eine Ewigkeit vorkamen mit vor Aufregung feuchten Händen zu suchen, indes ohne Ergebnis. Heute Abend war ihre letzte Chance. Doch was sie vorhatte, war Wahnsinn. Sollte sie nicht trotz allem die Polizei anrufen? Andrerseits hatte sie schon alles arrangiert. Ihre alte Freundin aus Schultagen würde heute Nacht in ihrer Wohnung schlafen und Pascal und Marie betreuen. Sie war so freundlich gewesen, keine Fragen zu stellen, aber natürlich musste sie davon ausgehen, dass eine Männerbekanntschaft dahintersteckte wie bereits einmal vor einem halben Jahr. Sie würde ihr später alles erklären. Denn Sophie Pichon sah keinen anderen Ausweg mehr, als sich heute Abend hier im Gebäude einschließen zu lassen. Sie würde sich von den Kollegen im Flur verabschieden und an der Tür nach draußen, unter dem Vorwand etwas vergessen haben, wieder zurückkehren, heimlich in den Keller gehen, wo kurz vor Dienstschluss garantiert niemand mehr war. Wer suchte schon in Akten herum? Die Vorgänge jüngeren Datums waren bereits durchweg digitalisiert. Dort würde sie ausharren, in dieser Luft, die nach Staub und Schimmel roch und ihre Atemwege schon nach kürzester Zeit reizte. Erst wenn alle das Rathaus verlassen hatten und der Hausmeister abschloss, würde sie jeden einzelnen der schwarzen Ordner aus dem Regal nehmen und durchforsten. Sie hatte zwei Taschenlampen dabei. Und Spray für Nase und Rachen, damit sie nicht einen Hustenanfall erlitt. Jetzt schluckte sie erst einmal eine Prozactablette hinunter. Bis zu ihrer Scheidung vor vier Jahren hatte sie die nur vom Namen gekannt.

17. KAPITEL

Es war Vronskys erster Morgen in Paris, und obwohl er von Haus aus alles andere als optimistisch war – kein Russe ist das, aus gutem Grund –, begann der Gedanke Gestalt anzunehmen, dass ihm das Schicksal vielleicht doch gewogen sein könnte.

Was sollte denn auch schiefgehen? Oblomov hatte gerade angerufen und ihm eröffnet, dass sein Cousin und er den Abendflug von Marseille nach Calvi gebucht hatten. Am nächsten Vormittag wollten sie sich mit den beiden Einheimischen treffen, die Zonza rekrutiert hatte, und den Tag damit verbringen, detaillierte Vorbereitungen zu treffen. Wenn alles nach Plan verlief, würde Reboul am darauffolgenden Tag eintreffen und zum Haus seiner Tante in Speloncato fahren, wo er zwei oder drei Tage bleiben wollte – Zeit genug, um einen tragischen Unfall auf der zerklüfteten Insel zu arrangieren. Also, was konnte dabei schon passieren?, dachte Oleg Vronsky ein weiteres Mal. Er saß im Bademantel am Swimmingpool seines Hotels hoch über den Dächern von Paris und genoss den Blick auf Montmartre und den Eiffelturm. Die Lage des traditionsreichen, palastartigen Bristols an der berühmten Rue du Faubourg Saint-Honoré, gleich gegenüber dem Élysée-Palast, erschien ihm wie ein Vorgeschmack auf seine zukünftige Residenz, das Palais auf dem Hügel über Marseille. Zur Feier des Tages zündete er sich eine Zigarre an und warf einen Blick auf seine Uhr. Natascha war auf die Boutiquen in der Avenue Montaigne losgelassen worden, die sie mit unersättlicher Gier plünderte. Doch selbst eine abgebrühte Kaufsüchtige brauchte handfeste Nahrung, und Vronsky hatte für mittags einen Tisch im Cigale Récamier bestellt, dessen Küchenchef bei der Zubereitung von Soufflés wahre Wunder wirkte. Danach würde er sich in der Hotelsuite von ihr verwöhnen lassen – er hatte schon extra einen großen Spiegel vor dem Bett aufstellen lassen. Natascha hatte ihn in dieser Hinsicht kaum je enttäuscht, und nach ausgedehnten Shoppingtouren war sie meistens besonders offen für seine Bedürfnisse.

Auch für Sam schienen die Ereignisse eine willkommene Wende zu nehmen. Jo Figatelli hatte angerufen, um ihm mitzuteilen, dass Flo und er mit Zonza übereingekommen waren, die ursprünglich angeheuerten Ganoven durch sie zu ersetzen und sich mit den Oblomovs zu treffen. Zu Jos Enttäuschung erinnerte Sam ihn daran, dass die beiden Russen weder ertränkt noch verstümmelt oder auch nur zu Brei geschlagen werden durften; es war von spielentscheidender Bedeutung, sie in flagranti zu erwischen. Damit konnte man wesentlich wirksameren Druck auf sie ausüben, Vronsky als Drahtzieher anzuschwärzen. Sam und die Figatellis verständigten sich darauf, am Abend eine letzte Lagebesprechung in Calvi abzuhalten, um noch einmal sämtliche Einzelheiten durchzugehen.

Im Übrigen war Sam erwartungsgemäß eingeknickt und hatte Elena zugestanden, Reboul nach Korsika zu begleiten, jedoch nur unter der Bedingung, dass sie die strikten Sicherheitsvorkehrungen beachtete. Das bedeutete: keine Alleingänge beim Schaufensterbummel, keine Friseurbesuche und keine einsamen Vormittage am Strand. Genauer gesagt, keinen Schritt ohne Begleitung.

Auf dem Weg zum Flughafen hatte Sam einen weiteren Anruf von Jo erhalten, der ihm mitteilte, dass sich die Oblomovs an Bord des gleichen Fluges nach Calvi befänden. »Du kannst sie nicht übersehen«, sagte Jo. »Laut Zonzas Beschreibung sind beide von ziemlich massiger Gestalt und ungepflegt. Er meinte, sie sähen aus wie zwei Bären, die dringend ein Bad benötigen.«

Als Sam den Flughafen erreichte, entdecke er sie auf Anhieb am Abfertigungsschalter – riesig, verwildert und in Tarnkleidung. Ein leicht unheimliches Gespann, das sich in gemurmeltem Russisch miteinander verständigte. Ihre Unterhaltung, gedämpft und vertraulich, wurde fortgesetzt, als das Flugzeug abhob und Kurs auf Calvi nahm. Sam saß zwei Reihen hinter ihnen. Er beherrschte nur wenige Brocken Russisch, aber die Markennamen, die fielen, verstand er, und er meinte zu begreifen, dass sie über die jeweiligen Vor- und Nachteile von Schusswaffen, Messern, Würgeisen und stumpfen Schlaginstrumenten sprachen, die im Handumdrehen zur Verfügung gestellt werden konnten, wie Zonza ihnen versichert hatte.

Sam überdachte noch einmal das Vorgehen für die nächsten Tage und Rebouls Verhaltensweisen als Lockvogel. Seine Tapferkeit war über jeden Zweifel erhaben, doch die Gefahr kann selbst auf die mutigsten Männer unvorhersehbare Auswirkungen zeitigen, vor allem wenn man nicht an den Umgang mit ihr gewöhnt ist. Dieser Gedanke veranlasste Sam, erneut über eine Idee nachzudenken, die er bereits vor ein paar Tagen einen Moment lang in Betracht gezogen hatte. Zunächst allerdings galt es, eine geradezu lebenswichtige Frage zu klären.

Eine Stunde später, wieder im Hinterzimmer der Bar, die den Figatellis gehörte, erhielt er die Antwort.

»Und ihr seid absolut sicher? Die Oblomovs sind Reboul nie begegnet? Haben ihn noch nie gesehen?«

»Kein einziges Mal! Sie verlassen sich auf die Männer, die Zonza angeheuert hat – sie sollen ihn bei seiner Ankunft am Flughafen identifizieren. Sie kennen bestenfalls ein paar verschwommene Aufnahmen im Internet und Zeitungsausschnitte, und die sagen weder etwas über seine Größe noch über seine Statur aus. Deshalb übernehmen wir die Aufgabe, die beiden auf ihn hinzuweisen.«

»Gut, sehr gut«, sagte Sam. »Wir brauchen also einen Wagen mit abgedunkelten Scheiben und Chauffeur, einen Panamahut mit breiter Krempe und eine Sonnenbrille, das wär's. Ich spreche mit Francis nach meiner Rückkehr und springe ein.« Zwei verdutzte Gesichter blickten ihn von der gegenüberliegenden Seite des Tisches an. Jo fand als Erster seine Sprache wieder.

»Einspringen?«

»Entschuldigung – das hätte ich schon früher erwähnen müssen. Ich habe soeben entschieden, dass ich für einen Tag oder zwei den Francis Reboul geben werde. Auch wenn ich als Schauspieler bisher noch wenig bekannt bin, kann ich Ihnen versichern: Diese Rolle liegt mir.«

Nach einer weiteren halben Stunde, die der Ausarbeitung des Schlachtplans gewidmet war, verließen die drei die

Bar und fuhren zu einem großen Betonbunker auf der anderen Seite der Stadt – grau, anonym, schwer verbarrikadiert und ein Stück von der Straße zurückgesetzt. Hier befanden sich Firmenzentrale und Lagerhaus von Benny's Business Supplies, einem Unternehmen, das auf Waffen und martialisches Zubehör spezialisiert war, von Sturmgewehren bis hin zu Granaten mit Magnetzünder. Der Inhaber, ein jovialer Deutscher mit rundlichem Gesicht namens Benny Schröder, nahm sie an der Eingangstür aus massivem Stahl in Empfang. »Guten Abend, Jungs«, begrüßte er sie, wobei er Sam neugierig musterte. »Geht's mal wieder auf die Jagd? Hereinspaziert, hereinspaziert.«

Er führte sie durch die Halle in sein Büro, das dem Vorstandsmitglied einer Bank zur Ehre gereicht hätte – dicker Teppich, geschmackvolle Drucke an den Wänden und weit und breit keine Spur von Dingen, die tödlich sein könnten.

Schröder strahlte sie von der anderen Seite des Schreibtischs an. »Hab euch lange nicht gesehen, Jungs. Was kann ich für euch tun?«

»Nichts zu Kompliziertes«, erwiderte Flo. »Bloß brauchen wir die Lieferung schnell – morgen, allerspätestens übermorgen.«

»Dann gehen wir jetzt in den Keller und schauen, was wir auf Lager haben. Aber zuerst genehmigen wir uns alle einen kleinen Schnaps.« Er kicherte. »Ich mache nie Geschäfte auf leeren Magen.«

Als sie Benny's mit einer alten Segeltuchtasche verließen, in der ihre Einkäufe verstaut waren, blieb Sam auf einmal stehen.

»Da drinnen lagert genug Ausrüstungsmaterial, um den Dritten Weltkrieg zu beginnen. Wurde Benny noch nie von der Polizei belangt?«

Flo schüttelte lächelnd den Kopf. »Die Polizei ist sein größter Kunde.«

Am nächsten Morgen um Punkt zehn trafen die Figatellis zu ihrem ersten Treffen mit den Oblomovs in Nino Zonzas Haus ein. Kaffee wurde gereicht, und die vier Männer beäugten sich gegenseitig mit einem Interesse, das mit Wachsamkeit gepaart war. Zonza eröffnete die Sitzung mit der Empfehlung, Speloncato bereits vor Rebouls Ankunft auszuspähen. Er überließ ihnen eine Karte, in dem die Straßen des Dorfes verzeichnet waren. Das Haus, in dem Madame Lombard, Rebouls Tante, wohnte, war rot umrandet. Zonza wies sie auf die berühmt-berüchtigten Grotten der kleinen Ortschaft hin, in denen im Verlauf der Jahrhunderte alle nur erdenklichen Untaten begangen worden waren.

Danach hörte er aufmerksam zu, als sie den Tagesablauf planten: Ausflug ins Dorf natürlich und eine gründliche Erkundung der Straßen rund um Speloncato, um zu sehen, ob sich dort Möglichkeiten für einen Hinterhalt boten. Als Nächstes stand die Frage im Raum, wie man Reboul identifizieren könne. Kein Problem, meinten die Figatellis, wir zeigen ihn euch, sobald er am Flughafen eintrifft. Und schließlich bedurfte eine weitere wichtige Angelegenheit der Klärung: die Waffen. Die Oblomovs hatten es nicht riskieren wollen, irgendetwas durch die Sicherheitskontrollen zu schmuggeln, wussten aber genau, was beschafft werden sollte – Handfeuerwaffen, idealerweise zehnschüssig, vorzugsweise Glock-Pistolen. Die Figatellis, die sich noch sehr genau an Benny Schröders Keller und sein Glock-Arsenal erinnerten, versicherten ihnen, auch das sei kein Problem. Die vier verabschiedeten sich von Zonza und setzten sich in Marsch.

Sam hatte mittlerweile den Überblick über die Anzahl der kurzen Abstecher nach Calvi verloren. Nun befand er sich auf dem Rückweg nach Marseille, um sich ein letztes Mal mit Reboul zu beraten und ihm seine Pläne für die nächsten Tage zu erläutern. Zu seiner Überraschung und großen Freude stellte er fest, dass Elena in der Ankunftshalle auf ihn wartete.

»Ich wollte schon ein Taxi nehmen«, sagte er und küsste Elena. »Aber Fahrer wie dich gibt es dort nicht.«

»Ich bin gut, und ich bin teuer«, erwiderte sie. »Ein großzügiges Trinkgeld plus Abendessen.«

Sie stiegen ins Auto; die Fahrt in die Innenstadt dauerte eine halbe Stunde, doch statt zu starten, lehnte sich Elena im Fahrersitz zurück und verschränkte die Arme vor der Brust. »Nur damit du es weißt: Wir fahren nirgendwohin, bis du mir erzählst, was du ausgeheckt hast.«

Sam seufzte. »Na gut. Ich brauche sowieso deine Hilfe bei den bevorstehenden Verhandlungen, denn die werden zäh.« Elena ließ den Motor an und fädelte sich in den Flughafenverkehr ein, während Sam fortfuhr. »Je mehr ich mich mit der Situation befasse, desto mehr werde ich in meiner Überzeugung bestärkt, dass bei einem solchen Vorhaben kein Platz für einen Amateur mit Hang zum Optimismus ist. Ich denke, wir sollten verhindern, dass sich Francis in die Schusslinie begibt. Es steht zu viel auf dem Spiel.«

Elena nickte stumm.

»Deshalb bin ich zu der Schlussfolgerung gelangt, dass es besser ist, wenn ich seinen Platz einnehme. Ich habe alles mit Flo und Jo bis ins Kleinste durchgeplant. Wir wissen genau, worauf wir uns einlassen, und deshalb bleibt nur noch eines zu tun: Wir müssen Francis überzeugen. Und dabei kannst du helfen.« Er streckte die Hand aus und tätschelte ihren Schenkel. »Ich habe gehört, dass du sehr überzeugend sein kannst, wenn du willst.«

Elena runzelte die Stirn, kämpfte mit widerstreitenden Gedanken und Gefühlen. Natürlich wollte sie Francis in sicherer Entfernung von den Oblomovs wissen. Aber mit welchem Risiko für Sam?

»Hast du dir das gut überlegt?«, erwiderte sie. »Gibt es keine andere Möglichkeit, dem Spuk ein Ende zu bereiten? Sam, ich möchte dich im Ganzen haben, unversehrt und an einem Stück.«

Der Rest der Fahrt ins Zentrum von Marseille ging mehr oder weniger von Sams Monolog drauf. Er nannte die Alternativen und beschrieb in allen Einzelheiten, was er und die Figatellis geplant hatten und wie sie ihr Vorhaben umsetzen wollten. Als sie in die Einfahrt von Le Pharo einbogen, gab er zu, dass er das Abenteuer aus vollem Herzen genoss. »Du weißt doch, wie das ist. Jungs haben eben gerne ihren Spaß«, gestand er.

Elena schüttelte immer noch den Kopf, als sie das Palais betraten.

»Wie schön, Ihre Stimme zu hören, Madame Pichon. Hat Ihre werte Kollegin das Zimmer geräumt, dass Sie mich sogar am frühen Morgen kontaktieren können?«

Die Stimme troff vor Sarkasmus, aber Sophie war dies egal. Sie erwiderte nur, dass die heute frei habe. Sie selbst war zum Umfallen müde, hatte schon drei Tassen Espresso in sich hineingeschüttet und starrte auf das Papier. Sie hatte es geschafft. Nach drei Stunden Suchen hatte sie endlich den Vertrag gefunden, den Francis Reboul und die Stadt Marseille vor zehn Jahren über das Palais du Pharo abgeschlossen hatten. Danach hatte sie das Handtuch ausgebreitet, ihren warmen Pullover übergezogen und im Archiv zu schlafen versucht, was ihr erst kurz vor Morgengrauen gelang. Sie war aufgewacht, als die ersten Stimmen oben erklangen.

»Ich lese ihnen die Passagen vor, die mir wichtig scheinen.«

Schon nach kurzer Zeit unterbrach sie die Männerstimme. »Das hat keinen Sinn. Ich brauche das Schriftstück. Wir treffen uns um fünf Uhr in der Bar *Chez Felix* an der Place de Lenche.«

»Ich bringe Ihnen eine Kopie mit …«

»Nein, das Original, für die Verwaltung reicht die Kopie … Und, Madame Pichon, Sie sind kurz davor, Ihren Kopf aus der Schlinge zu ziehen. Machen Sie wenige Schritte vor dem Ziel keine Dummheiten. Versuchen Sie nicht ein Heldenstück für das Rathaus abzuliefern, die Polizei zu informieren, denken Sie an sich, an Ihre Kinder und an sonst nichts.«

Sophie fühlte nicht einmal Erleichterung, nur eine große Leere und Erschöpfung. Bis zum Nachmittag konnte sie keine klaren Gedanken fassen. Sie schaffte es gerade noch, das Schriftstück zu kopieren, wobei sie den Eindruck hatte, alle Kollegen, die im Flur vorbeigingen, schauten neugierig über ihre Schulter, was die da so lange am Fotokopierer machte, denn der Schriftsatz war lang und sie musste Papier nachfüllen.

Kurz nach der Mittagspause, als die meisten an ihrem Schreibtisch dösten, ging sie in den Keller und steckte die Kopie wieder in den Ordner. Man sah auf den ersten Blick, dass es eine Kopie war, denn sie hatte vergessen, mehr Helligkeit einzustellen, und so waren die Seiten gräulich und schwer lesbar.

Sie schlenderte zu der von einer Handvoll Bäumen gesäumten Place de Lenche, der das alte Viertel le Panier mit den neueren Gebäuden von Fernand Pouillon verband, und traf viel zu früh im Café *Chez Felix* ein. Ein junges Pärchen turtelte an einem Tisch, Sophie nahm einen Platz in der Ecke. Als sie ihre Handtasche ablegte, fiel ihr auf, dass schräg gegenüber ein weiterer Gast saß, ein unscheinbarer Mann mittleren Alters, der eine Sportzeitung las und bald Blickkontakt zu ihr aufnahm. Sie schien eindeutig sein Gefallen zu erregen, was sie verwirrte, denn sie fühlte sich müde, ausgelaugt und unattraktiv, wie man nach einer solchen Nacht nur sein konnte. Um zehn nach fünf wurde sie unruhig. Warum kam der Mann mit der Sonnenbrille nicht? Hatte sie den Namen des Cafés falsch verstanden? Fünf Minuten später stieg Panik in ihr auf. Ihre Kinder warteten auf sie. Sie konnte nicht schon wieder so lange wegbleiben. Irgendetwas lief hier gründlich falsch, aber sie verstand nicht was.

Der Mann gegenüber legte *L'Équipe* beiseite und trat mit einem Lächeln an ihren Tisch. »Ich muss Ihnen kurz Gesellschaft leisten«, sagte er mit einer durchaus angenehmen tiefen Stimme und setzte sich. Er senkte die Stimme, sodass sie kaum zu hören war. »Unterhalten Sie sich bitte normal mit mir, wie eben mit einer Zufallsbekanntschaft, und dann geben Sie mir unauffällig das Dokument.« Sie spürte einen Anflug von Enttäuschung: Er hatte also gar nicht mir ihr geflirtet. Sie hatte es offenbar mit mehreren Kriminellen zu tun. Der Mann mit der Sonnenbrille war nicht aufgetaucht für den Fall, dass sie doch die Polizei eingeschaltet hätte, und dieser wartete höchstwahrscheinlich schon seit geraumer Zeit, damit mögliche Polizisten ihn für einen ganz normalen Gast hielten. Ihr fielen seine von selbst gedrehten Zigaretten gelben Fingerkuppen auf. Als er die Papiere eingesteckt hatte, winkte er den Kellner herbei und bezahlte ihre und seine Rechnung.

»Wie großzügig von Ihnen«, sagte sie spitz.

»Ich würde Sie wirklich gern öfter einladen, aber Kontakte mit ... äh ... Klienten, mit Informationspersonen sind mir leider strikt untersagt.«

Er erhob sich und lächelte ihr zu. Sie ergriff seinen Arm.

»Sagen Sie, was hätten Sie oder ihr Kollege mit der Sonnenbrille getan, wenn ich das Schriftstück nicht gefunden hätte.«

Er blickte ihr direkt in die Augen. »Nichts.«

»Wie ..., nichts? Sie kennen immerhin den Schulweg meiner Kinder ...«

»Nein, tun wir nicht. Wir haben nur im Telefonbuch nachgeschlagen, einmal angerufen, eins und eins zusammengezählt ... Das ist hier wirklich bloß eine kleine Gefälligkeit für einen alten Kumpel unseres Chefs ohne größeren

Belang … Tut mir aufrichtig leid, wenn wir Ihnen einen großen Schrecken eingejagt haben. Leider steht die hiesige Stadtverwaltung nicht in dem Ruf, übertrieben kooperativ bei Privatanfragen zu sein.«

Auf dem Heimweg ertappte sie sich dabei, dass sie sich ernsthaft Sorgen um diesen Herrn machte, der etwa vierzig Jahre alt sein mochte. Für einen Mann, der offenbar für eine zwielichtigen Organisation arbeitete, war er viel zu redselig. Seine Zukunftsaussichten schienen ihr ähnlich trübe zu sein wie ihre eigenen. Sie würde am Montag noch einmal um diese Zeit ins *Chez Felix* gehen, dann war die Sportzeitung doch noch ergiebiger.

Rebouls Küchenchef Alphonse hatte darauf bestanden, dass der Gastgeber und seine Gäste an diesem Abend zu Hause speisten. Einer seiner Freunde, ein Mann, den Alphonse als profunden Kenner der Meerestierwelt bezeichnete, *»un véritable maître de poissons«,* hatte ihm mehrere erstklassige Hummer aus der Bretagne zukommen lassen, noch lebend und nach Meerwasser duftend. Die laut Alphonse natürlich fangfrisch zubereitet und verzehrt werden mussten. Alles andere käme einem Verbrechen gleich.

Sie saßen auf der Terrasse bei einem Glas Sancerre, als Sam beschloss, es sei an der Zeit, Reboul seinen Plan schmackhaft zu machen.

»Francis, ich hoffe, Sie fassen es nicht falsch auf, aber ich denke, ich sollte in Korsika Ihren Platz einnehmen.« Sam hielt inne, um Rebouls Reaktion zu ermessen, die ihn nicht auf Anhieb ermutigte. »Doch bevor Sie mir sagen, dass ich mich vom Acker machen soll, lassen Sie mich kurz erklären, warum ich zu der Überzeugung gelangt bin. Es geht hier nicht um Mut oder Charakter oder die alte Leier, dass ein Mann tun muss, was ein Mann eben tun muss. Hier sind vielmehr gesunder Menschenverstand und Erfahrung gefragt. Angenommen, Ihre Badewanne wäre undicht. Sie würden mit Sicherheit nicht versuchen, Sie selber zu reparieren, sondern einen Klempner anrufen. In unserem Fall wäre Vronsky die undichte Badewanne und ich der Klempner. Ich kann jahrelange Erfahrungen im Umgang mit derart prekären Situationen vorweisen, im Gegensatz zu Ihnen. Mit Flo und Jo habe ich zwei erstklassige Helfer zur Hand und ich bin zuversichtlich, dass unser Vorhaben gelingt. Ich schlage daher vor, dass ich morgen an Ihrer Stelle nach Korsika fliege; die Figatellis werden mich bei der Ankunft am Flughafen als Francis Reboul identifizieren, und danach sehen wir weiter.« Sam hielt abermals inne, um einen Schluck Wein zu trinken. »Ich muss außerdem zugeben, dass ich – diese kleinen Abenteuer genieße. Also, sagen Sie ja und wünschen Sie mir Glück.«

Doch Reboul ließ sich nicht so leicht überzeugen. Er wandte ein, dass dies ausschließlich seine Angelegenheit sei, er könnte ja den Palais für teures Geld an Vronsky verkaufen und damit allen Gefahren aus dem Weg gehen, aber er hänge nun einmal an dem alten Gemäuer. Sam ließ diesen Einwand zwar bedingt gelten, insistierte aber darauf, dass dies nichts daran ändere, dass er selbst als Lockvogel besser geeignet sei, weil er jünger und mit solchen Gefahrensituationen besser vertraut sei. Sie waren bereits beim Kaffee angelangt, als Reboul die Argumente ausgingen und er sich an Elena wandte. »Was halten Sie davon?«

Elena zuckte die Achseln. »Ich fürchte, Sam hat recht. Sie erweisen uns allen einen Gefallen, wenn Sie zustimmen.«

Reboul stand auf, begab sich zu Sams Stuhl, beugte sich hinab und küsste ihn auf den Scheitel. »Danke, Sam.«

Jo und Flo Figatelli hatten sieben Stunden mit den Oblomovs verbracht und immer noch nicht Feierabend, weil Zonza einen täglichen Bericht gefordert hatte.

»Und, wie kommt ihr mit euren neuen Kollegen aus?«, wollte er wissen.

»Bestens«, erwiderte Jo. »Sie scheinen echte Profis zu sein und haben die richtigen Fragen gestellt – insbesondere, wie wir Rebouls Kommen und Gehen im Blick behalten wollen. Es liegt auf der Hand, dass wir wissen müssen, wo er sich zu welchem Zeitpunkt aufhält, bevor wir überhaupt etwas planen können.«

»Verstehe«, erwiderte Zonza. »Und, habt ihr schon eine Idee?«

Jos Gesicht war, wie immer, wenn er jemandem eine faustdicke Lüge auftischte, der Inbegriff von Ehrlichkeit und Unschuld. »Mir ist plötzlich eingefallen, dass ich eine junge Nichte habe, die als Hausmädchen bei Madame Lombard arbeitet.«

»Wie praktisch.«

»Ja, nicht wahr? Sie kann uns also genau sagen, wann er das Haus verlässt und was er vorhat.«

»Ausgezeichnet.«

»Morgen testen wir die Ausrüstung, und ich bin sicher, dass unser kleines Hausmädchen am Ende des Tages Neuigkeiten für uns hat.«

Zonza entblößte seine Goldzähne, eine mimische Ausdrucksform, die man als Lächeln deuten konnte. »Also alles paletti. Weiter so!«

Als die Figatellis weg waren, gestattete sich Zonza einen kurzen Augenblick der Zufriedenheit. Der Gedanke an den Seitenwechsel, den er vollzogen hatte, behagte ihm inzwischen. Er hatte sich nie für die Oblomovs erwärmen können: zu grobschlächtig, zu direkt, ohne jedes Interesse an Land und Leuten. Bei den Figatellis konnte man sich darauf verlassen, dass sie sich mit Dankbarkeit an die Zusammenarbeit erinnern würden. Und in Korsika hatten Gefälligkeiten, genau wie Groll, kein Verfallsdatum. Und schließlich war auch der finanzielle Aspekt nicht ganz ohne Reiz. Die Oblomovs hatten bereits fünfzig Prozent des beträchtlichen Honorars vorausgezahlt, die sie natürlich einbüßen würden, und die Figatellis hatten ihm versichert, dass Reboul bereit sei, sich die Sache etwas kosten zu lassen. Summa summarum also eine höchst zufriedenstellende Situation.

18. KAPITEL

»Also, das ist meine korsische Kluft.« Sam hatte vor Elena Aufstellung genommen, die Hände in den Hosentaschen, einen breitkrempigen Panamahut auf dem Kopf und eine sehr große, sehr dunkle Sonnenbrille auf der Nase. Er trug ein blassblaues Hemd und weiße Hosen, das typische Outfit eines entspannten, kultivierten Mannes in Südfrankreich. »Dahinter verbirgt sich die Idee, für die Oblomovs schon aus der Ferne sichtbar zu sein und gleichzeitig einen Großteil meines Gesichts unkenntlich zu machen. Was sagst du dazu?«

Elena unterzog ihn einer gründlichen Musterung und nickte. »Durchaus gelungen.«

Sam lächelte wie ein Schuljunge, der unverhofft eine gute Note mit nach Hause gebracht hatte. Maskeraden und Verkleidungen gefielen ihm seit jeher. An der Berkeley-Universität hatte er sich als Student oft vor dem trockenen Studium der Paragrafen abends auf eine Laienbühne geflüchtet, wo er mit Freunden – und auch einigen Freundinnen, wie er sich sehr lebhaft erinnerte – Stücke von Thornton Wilder oder Arthur Miller aufführte. Das hatte ihm eine Zeit lang so viel Spaß gemacht, dass er sich durchaus vorstellen konnte, ganz diese Laufbahn einzuschlagen, aber die zumeist kaum die

Kosten deckenden Einnahmen hatten ihn schließlich doch schnell eines Besseren belehrt.

»Aber versprich mir, vorsichtig zu sein«, sagte Elena jetzt. »Keine Heldentaten, okay? Und jetzt setz die verdammte Sonnenbrille ab, damit ich dir viel Glück wünschen kann.« Der Kuss, der folgte, war lang und innig, reichte für eine ganze Glückssträhne aus.

»Interessant«, sagte Sam. »Und was passiert, wenn ich auch noch den Hut absetze?«

Sie gingen nach unten, wo Reboul, der darauf bestanden hatte, sie zu begleiten, bereits wartete. Er fühle sich verpflichtet, als Elenas Leibwächter zu fungieren, während Sam anderweitig beschäftigt sei, sagte er. Sie würden in der Villa Prestige absteigen, einer Nobelherberge erster Güte mit einem gleichermaßen hochklassigen Sicherheitssystem, nur wenige Autominuten vom Stadtzentrum von Calvi entfernt.

Die drei quetschten sich in den Fond des Wagens, der sie zu dem Privatflugzeugen vorbehaltenen Bereich des Marseiller Flughafens brachte. Während der Fahrt ging Sam mit ihnen ein letztes Mal jeden einzelnen Schritt nach der Landung in Calvi durch. Elena und Reboul sollten in der Maschine bleiben, bis Sam das Flughafengelände verlassen hatte. Sam würde in den Wagen steigen, der bereits auf ihn wartete und von den Figatellis organisiert worden war – ein großer Peugeot, aufgrund seiner dunkel getönten Fensterscheiben unverkennbar. Die Limousine würde ihn nach Speloncato in das Haus von Madame Lombard bringen, indes Reboul und Elena in die Villa Prestige verfrachtet wurden.

Während des kurzen Fluges nach Korsika war die Stimmung gedämpft und da die Operation nun angelaufen war, zunehmend angespannt. Reboul wirkte unruhig, machte sich fortwährend an seinem Handy zu schaffen. Elena war schweigsam, umklammerte Sams Hand und starrte aus dem Fenster. Sam hatte sich in seinen Kokon zurückgezogen, bündelte seine Konzentration, wie immer vor Beginn einer Arbeit. Er ließ noch einmal die akribischen Vorbereitungen Revue passieren, die er gemeinsam mit den Figatellis getroffen hatte. Rein theoretisch hatten sie jedes mögliche Szenario bedacht. Aber man konnte nie wissen. Sobald Schlägertypen und Schusswaffen ins Spiel kamen, waren Fehler praktisch vorprogrammiert. Dennoch, das Risiko war wie das Salz in der Suppe, verlieh dem Ganzen erst die richtige Würze. Und mit dieser philosophischen Erkenntnis verließ er seinen Kokon, beugte sich zu Elena hinüber und küsste sie aufs Ohr.

»Weißt du noch, wie es mit uns nach meinem letzten Abenteuer mit diesem Lord Wapping war?«, raunte er ihr ins Ohr. Und wie sie sich erinnerte! Nach ihrer Rückkehr nach Kalifornien hatten sie wieder arbeiten und ins Büro gehen wollen, aber Sam war so aufgekratzt und erotisch stimuliert gewesen, dass sie eine Woche lang kaum aus dem Bett herausgekommen waren. Ihr Liebhaber, das war ihr da spätestens klar geworden, war eine Spielernatur durch und durch, er brauchte den Kitzel, die Überraschung, den kurzen Flirt mit dem Tod, um seine Energien zu aktivieren. Und wenn sie ehrlich war, so gefiel ihr diese Art von Männlichkeit auch. Ein Kanzleijurist oder Geschäftsmann hätte ihr das nicht bieten können.

Das Flugzeug legte eine butterweiche Landung hin. Als die Tür geöffnet wurde, fuhr bereits der Peugeot quer über die Rollbahn auf sie zu. Sam verließ die Maschine, wobei er die Stufen der Treppe im Zeitlupentempo hinabschlenderte, um eventuellen Beobachtern in der Ankunftshalle einen ausgiebigen Blick auf sich zu gewähren, und begrüßte den Chauffeur, der neben der offenen Beifahrertür stand. Monsieur oder, wie er auch oft genannt wurde, Onkel Doumé gehörte zu den älteren Mitgliedern des Figatelli-Clans, ein gedrungener, lederhäutiger Mann mit dem umwerfenden Lächeln eines ausgekochten Schlitzohrs und buschigen weißen Augenbrauen, die wahrhaft beeindruckend waren. Er nahm Sam die Reisetasche ab, dann fuhren sie los und folgten der Straße, die in engen, steilen Serpentinen zum Bergdorf Speloncato hinaufführte.

In der Ankunftshalle setzte Sasha Oblomov das Fernglas mit einem Brummen ab. »Ich hätte jemand Älteren erwartet«, sagte er zu den Figatellis. »Er sieht jünger aus als auf den Fotos.«

»Ach, die wurden vermutlich vor der Gesichtsstraffung aufgenommen«, entgegnete Flo geistesgegenwärtig. »Ihr wisst ja, wie diese reichen Lackaffen sind. Ich schätze, er fährt direkt nach Speloncato. Also kein Grund, ihm zu folgen, es sei denn, ihr wollt unbedingt.«

Oblomov schüttelte den Kopf. »Wir haben jede Menge Zeit. Ich würde lieber irgendwohin fahren, wo wir in aller Ruhe die Schusswaffen testen können.«

Sie verließen das Flughafengelände, fuhren in die menschenleere ländliche Region der Balagne und parkten den Wagen im Schatten einer Buscheiche, bevor sie sich einen Weg durch das Gestrüpp der *macchie* bahnten und auf einer kleinen Lichtung landeten.

Jo packte die Waffen aus und überreichte Sascha eine der beiden. Die andere hielt er hoch, zu Demonstrationszwecken.

»Ich denke, dass euch gefällt, was ihr hier seht: die Glock 23«, sagte er. »Leicht, absolut zuverlässig, wird von der Polizei in ganz Amerika benutzt. Das Magazin enthält dreizehn Patronen, die Abzugssicherung befindet sich hier«, er entriegelte und verriegelte den Lauf, »und das ist so ungefähr alles, was ihr darüber wissen müsst. Ich zeige euch jetzt, wie man sie lädt, dann errichte ich eine Zielscheibe und ihr könnt sie ausprobieren. Ach ja, das hätte ich beinahe vergessen. Diese Waffen sind erst gestern Nacht nach Korsika gelangt und brandneu. Ich muss sie im Anschluss wieder einsammeln und zu einem Experten bringen, dessen Dienste wir häufig in Anspruch nehmen; er wird heute Abend die Seriennummern abfeilen. Nur eine Vorsichtsmaßnahme, die wir gerne treffen würden.«

Die Oblomovs nickten beifällig; dieses Anzeichen professioneller Verschwiegenheit war ganz nach ihrem Geschmack.

Die Glocks wurden geladen und die Zielscheiben aufgestellt – Bierdosen aus einem Sechserpack, von den Figatellis vorsorglich gekauft. Die Oblomovs begannen zu schießen, zunächst verhalten und dann, als sie sich an das Modell gewöhnt hatten, zunehmend schneller. Es war auf Anhieb offensichtlich, dass beide mit Waffen vertraut und versierte Scharfschützen waren. Während die Kugeln flogen und die Bierdosen hüpften, bestätigte sich Flos erster Eindruck. Diese zwei waren keine Amateure.

Die Oblomovs hatten begonnen, einen Anflug von Begeisterung erkennen zu lassen: Sie nickten, lächelten und klopften sich gegenseitig anerkennend auf den Rücken. Ein halbes Dutzend Magazinfüllungen später waren sie zufrieden und gaben die Waffen widerspruchslos zurück. Die Atmosphäre zwischen den Oblomovs und den Figatellis war, wenngleich nicht gerade herzlich, so doch ein wenig einvernehmlicher geworden. Sie stimmten ausnahmslos überein, dass brauchbare Fortschritte erzielt worden seien: das Opfer identifiziert, die Waffen erprobt und für gut befunden. Nun mussten sie nur doch den perfekten Ort und eine erstklassige Gelegenheit finden, um zur Tat zu schreiten. Die Figatellis versprachen, ihre Nichte zu kontaktieren, um etwas über die Aktivitäten der Zielperson zu erfahren und ihnen bei der Wahl des richtigen Zeitpunkts zu helfen.

Sam, der sich nie wohlfühlte, wenn abrupte Richtungswechsel stattfanden, gleich ob im Boot, Flugzeug oder Auto, tat sein Bestes, um Haltung zu bewahren, als Onkel Doumé mit dem Peugeot durch immer engere Haarnadelkurven preschte, eine Hand auf der Hupe. Speloncato, das er lebend zu erreichen hoffte, befand sich auf einer Höhe von rund sechshundert Metern über dem Meeresspiegel und konnte laut der letzten Volkszählung auf zweihundertachtzig ständige Einwohner verweisen. Der Anspruch des entlegenen Bergdorfs auf Berühmtheit war jedoch einer einzigen Sehenswürdigkeit geschuldet: seinen Grotten. Feucht und düster, waren sie Schauplatz zahlreicher Untaten, wie dem Reiseführer zu entnehmen war. Vielleicht konnte Rebouls Tante, Madame Lombard, ihm mehr darüber berichten

Eingedenk dessen, was Reboul ihm über seine Tante erzählt hatte, freute sich Sam jetzt schon darauf, sie kennenzulernen. Als Tochter eines nach England entsandten Diplomaten hatte sie ihren gesellschaftlichen Schliff am Roedan erhalten, einer der renommiertesten privaten Tages- und Internatsschulen für höhere Töchter, wo sie gelernt hatte, Feldhockey zu spielen, was sie verabscheute, und ein perfektes näselndes Oberklassenenglisch zu sprechen. Inzwischen musste sie weit in den Siebzigern sein. Sie hatte nie geheiratet, aber laut Reboul eine beträchtliche Anzahl an Liebhabern verschlissen. Die Sommermonate pflegte sie auf dem alten Familiensitz in Speloncato, die Wintermonate in Gstaad und den Rest des Jahres in Paris zu verbringen.

Als sie den kleinen Platz in der Mitte des Dorfes erreichten, hielt Monsieur Doumé vor einem vierstöckigen Herrenhaus, das in dunklem Ockerbraun gestrichen war, und kündigte ihre glückliche Ankunft mit einem letzten triumphierenden Hupen an. Beinahe im gleichen Augenblick wurde die Eingangstür geöffnet, und eine stämmige junge Frau spähte hinaus, deren Gesicht sich aufhellte, als sie Doumé erkannte.

Mit ausgebreiteten Armen eilte er auf sie zu. »Josette! Hübsch wie eh und je!« Er küsste sie dreimal auf die Wange – links, rechts, links – und trat einen Schritt zurück, um Sam vorzustellen. »Das ist Monsieur Sam, ein Freund von Monsieur Francis in Marseille. Madame Lombard erwartet ihn.«

Josette beugte den Kopf, schüttelte Sam zur Begrüßung die Hand und nahm ihm die Reisetasche ab. »Madame ist im Salon. Bitte folgen Sie mir. Hier entlang.« Sie ging ihnen voraus durch eine gefflieste Eingangshalle und geleitete sie in einen weitläufigen Raum an der rückwärtigen Seite des Hauses, ausgestattet im schweren, üppigen Stil einer längst vergangen Epoche – Samt, Mahagoni, Brokat, geraffte Vorhänge, Familienporträts in vergoldeten Rahmen. Sam fühlte sich auf Anhieb ins neunzehnte Jahrhundert zurückversetzt.

Madame Lombard blickte von ihrem Schreibtisch auf, trat lächelnd auf ihn zu und streckte ihm eine zarte Hand entgegen, über die er sich beugte, um einen Handkuss anzudeuten.

»Ach du liebe Zeit! In Amerika küsst man noch die Hand? Wie nett. Kommen Sie, setzen wir uns.«

Kaum zu glauben, dass diese Frau die siebzig überschritten hatte. Ihr Haar waren natürlich gefärbt, dunkelbraun, an den Wuzeln schimmerte es grau, aber es war kurz und hervorragend geschnitten. Ihre Gesichtshaut war glatt, von Altersflecken verschont, die blauen Augen wirkten lebendig und der Körper war so rank und schlank wie der einer jungen Frau. Sie war schlicht gekleidet, trug eine schwarze Seidenbluse und einen cremefarbenen Rock, der die Bräune ihrer wohlgeformten Beine hervorhob. Sam ertappte sich dabei, wie er sie anstarrte.

»Was haben Sie denn erwartet?«, sagte sie. »Eine alte Schachtel mit Kneifer und Damenbart?«

»Entschuldigung, tut mir leid. Ich hatte nur nicht damit gerechnet … nun, mit jemandem, der so aussieht wie Sie.«

Sie lächelte. »Das fasse ich jetzt mal als Kompliment auf. Und nun zu Ihnen: Francis hat mir sehr wenig über Sie erzählt, außer, dass Sie Amerikaner sind und ihm einen riesigen Gefallen erweisen. Natürlich brenne ich darauf, mehr zu erfahren.« Sie deutete auf den Eiskübel, der auf einem niedrigen Tisch zwischen ihnen stand. »Warum schenken Sie uns nicht ein Glas Champagner ein und erzählen mir alles von Anfang an?«

Sie unterhielten sich angeregt, bis in die Abendstunden. Als Sam auf Vronsky und sein Vorhaben zu sprechen kam, saß Madame Lombard zunächst schweigend da, mit angespannter, ernster Miene. »Es kann doch nicht sein, dass er einen Mord in Auftrag gibt, nur um in den Besitz eines Hauses zu gelangen?«, warf sie ungläubig ein.

»Ich fürchte doch, wenn man seine Vorgeschichte berücksichtigt. Aber wir werden ihm einen Strich durch die Rechnung machen.« Und während der nächsten halben Stunde erläuterte er ihr in allen Einzelheiten, wie er und die Figatellis dabei vorgehen würden.

Nachdem er geendet hatte, schien sie etwas erleichtert zu sein, wozu auch ein weiteres Glas Champagner beitrug. Schließlich forderte sie Sam auf, sie Laura zu nennen, während sie ihn mit »mein Lieber« anredete. Sie erkundigte sich gerade, was sie tun könne, um zu helfen, als sie von lauten Kratzgeräuschen an der Tür unterbrochen wurde.

»Ah!« Laura stand auf und ging zur Tür, um sie zu öffnen. »Ich hoffe, Sie mögen Hunde. Das ist Alfred, mein Lebensabschnittspartner. Ist er nicht ein Prachtexemplar?«

Er war riesig, schwarz und struppig, eine Mischung aus Briard und Rottweiler, wie Laura erklärte. Er tappte quer durch den Raum zu Sam hinüber, inspizierte ihn, beschnüffelte ihn, legte eine mächtige Pfote auf sein Knie und blickte ihn erwartungsvoll an.

»Er mag Sie«, sagte Laura. »Da bin ich aber froh. Er ist ein hervorragender Menschenkenner. Ich hatte einmal einen zweibeinigen männlichen Freund, einen Kavalier vom Scheitel bis zur Sohle, so schien es, den Alfred aber partout nicht ausstehen konnte. Und stellen Sie sich vor, er hatte recht. Der Mann entpuppte sich als miese kleine Ratte.«

Sam überlegte krampfhaft, wie er sein Knie von der Pranke befreien sollte, ohne jemanden zu beleidigen, als die Köchin den Kopf durch den Türspalt steckte, um zu Tisch zu bitten.

Bei wohlgeratenen Lammkoteletts, Salat, Käse und einer Flasche Château Margaux – »Ich finde die heimischen Weine ziemlich *heftig*«, erklärte Laura – wandte sich die Aufmerksamkeit erneut dem Grund seines Besuches zu. Wieder bot sie ihm ihre Hilfe an.

»Sie könnten tatsächlich etwas für mich tun, wenn Sie möchten«, nahm Sam das Angebot gern an. »Erstens muss ich einen Ort finden, an dem man mich in einen Hinterhalt locken kann; er sollte natürlich abgelegen sein. Und zweitens muss ich einen guten Grund finden, warum ich im Nirgendwo herumwandere. Andernfalls besteht die Gefahr, dass die Oblomovs Lunte riechen.«

»Nichts einfacher als das«, erwiderte Laura. »Ich zeige Ihnen, wo die beiden Ihnen auflauern können, und der Grund, den Sie für Ihren Spaziergang suchen, hat sich auf Ihrem Fuß niedergelassen. Das zeugt davon, dass er Sie *wirklich* mag. Wie wäre es, wenn Sie morgen mit ihm Gassi gehen?«

Beim Kaffee wurden die Einzelheiten des Plans ausgearbeitet. Sam würde Jo anrufen und ihm mitteilen, wo und wann er mit dem Hund spazieren gehen würde. Jo würde den Oblomovs erzählen, die Information stamme von seiner

Nichte; dann würde sich das Quartett hinter irgendeinem Gebüsch, an dem Sam vorüberkommen musste, auf die Lauer legen. Was dann geschehen würde, darüber wollte Sam lieber nicht zu eingehend nachdenken.

19. KAPITEL

Nach der allerersten Nacht, die er jemals in einem Himmelbett verbracht hatte, wurde Sam von einem Sonnenstrahl geweckt, der durch das geöffnete Fenster fiel. Er fühlte sich hellwach und platzte schier vor Tatendrang, wie immer, wenn er sich dem Höhepunkt einer verdeckten Operation näherte. Ein heißes und beruhigendes Bad in einer altehrwürdigen Gusseisenwanne trug zu seiner Entspannung bei; danach griff er zu seinem Smartphone.

»Guten Morgen, mein Schatz. Wie gefällt dir das raue Leben in Calvi?«

»Sam, es ist herrlich. Privater Swimmingpool, fantastische Küche und warte, bis du erst mein Ankleidezimmer siehst! Es ist *riesig.* Ich bin hin und weg. Ich hätte mich um ein Haar darin verlaufen.«

Dass Elena tatsächlich eine Zimmerflucht gefunden hatte, die ihr nicht zu klein schien und in der sie ihre Garderobe unterbringen konnte, war ungewöhnlich. Für einen Moment schwieg Sam vor ungläubigem Staunen. »Und wie geht es Francis?«, fragte er schließlich.

»Soweit ganz gut. Ein bisschen nervös, aber ich schätze, das war zu erwarten. Er macht sich große Sorgen, deinetwegen. Was steht heute auf deinem Programm?«

»Oh, nur das ländliche Umfeld erkunden, einen Ort für die verdeckte Aktion bestimmen, Strategiesitzung mit Flo und Jo, Verhandlungen mit den Russen – ein ganz gewöhnlicher Tag im Leben eines viel beschäftigten Topmanagers.«

Doch Elena ließ sich nicht täuschen, sie entnahm Sams Tonfall, dass er mit seinen Gedanken ganz woanders war; deshalb bat sie ihn noch einmal inständig, vorsichtig zu sein, und beendete das Gespräch mit einem Luftkuss, den sie ans andere Ende der Leitung schickte.

Als Sam, auf der Suche nach Kaffee, nach unten kam, fand er zu seiner Überraschung seine Gastgeberin bereits am gedeckten Frühstückstisch vor, Croissant und *Café crème* in Reichweite, einen aufgeklappten Laptop vor sich. So informiere sie sich über das Tagesgeschehen, erklärte sie, da sich die einzige im Umkreis verfügbare Tageszeitung meilenweit entfernt in Calvi befand.

»Sie werden zufrieden mit mir sein, lieber Junge«, sagte sie. »Ich glaube, ich weiß genau, wie und wo man Sie in einen Hinterhalt locken kann.« Sie hämmerte auf die Tastatur ihres Laptops ein. »Schenken Sie sich Kaffee aus der Kanne auf der Anrichte ein und setzen Sie sich zu mir, ich werde es Ihnen zeigen.«

Sie rückte den Laptop zur Seite, damit Sam den Monitor besser im Blick hatte, der eine Luftaufnahme von dichten grünen Baumkronen und einer üppigen Vegetation zeigte. »Das Bild ist typisch für die Landschaft rings um Speloncato«, erklärte sie. »Sie ist für Ihre Zwecke weitgehend ungeeignet, weil es dort keine Feldwege gibt, und in dieser Wildnis zu einem vereinbarten Treffpunkt zu gelangen, wäre für jemanden, der ortsfremd ist, ein Ding der Unmöglichkeit. Aber hier habe ich etwas viel Besseres.« Sie scrollte den Bildschirm weiter nach unten. »Ein Wasserreservoir, ungefähr neun Kilometer entfernt, immer geradeaus die Dorfstraße entlang und nicht schwer zu entdecken, umgeben von *macchie,* wie man auf Korsika das immergrüne Gebüsch nennt, und verwaisten Olivenhainen; dort werden diese schauderhaften Russen Möglichkeiten zur Genüge finden, Ihnen eine Falle zu stellen.«

Sam beugte sich vor, um das Bild auf dem Monitor genauer in Augenschein zu nehmen. »Ist das da auf der linken Seite ein Feldweg, ein ziemlich breiter sogar?«

Laura nickte. »Er zweigt von der Landstraße ab, doch die Einzigen, die ihn benutzen, sind die Männer, die alle sechs Monate oder so die Wasserversorgungsanlage warten.« Sie lehnte sich zurück und lächelte zufrieden. »Was meinen Sie, könnte das gehen?«

»Ich werde noch heute Morgen eine Ortsbesichtigung vornehmen, aber es hat ganz den Anschein, als wäre dieser Treffpunkt ideal. Wie kann ich Ihnen danken? Mal sehen – wäre eine Dom Perignon Magnum genehm?«

Laura, noch immer lächelnd, neigte den Kopf. »Eine großartige Idee! Flaschen dieser Größenordnung haben so etwas Beruhigendes, finden Sie nicht?«

Eine halbe Stunde später machte sich Sam in einem Renault älteren Baujahrs, den er sich vom Gärtner ausgeliehen hatte, auf den Weg. Er hatte Mühe mit der offenbar nicht mehr intakten Kupplung, schaffte es aber trotzdem, der Straße zu folgen, die sich vom Dorf den Berghang hinabschlängelte bis zu jenem Feldweg, der durch ein rostendes Schild mit der Aufschrift *Accès Interdit* gekennzeichnet war. Er stellte den Wagen am Straßenrand ab und ging zu Fuß weiter.

Beinahe überall, wohin sein Blick fiel, erspähte er winzige Lichtungen zwischen den überwucherten, vernachlässigten Olivenbäumen, ideal zum Verstecken und Auflauern. Das Wasserreservoir selbst – eine trostlose Oase für Insekten, die das Gewässer sprenkelten – war mit Maschendraht umzäunt, an dessen einem Ende sich ein massiver Hochbunker befand, zugesperrt und nach Sams Einschätzung für die Wegelagerer von geringem Interesse. Es gab schließlich Dutzende anderer Verstecke, die sich besser eigneten. Das Umfeld konnte also nicht besser sein, war leicht zu finden und dennoch abgeschieden genug, um zu verhindern, dass jemand die Schüsse hörte. Perfekt. Sam entdeckte einen alten Baumstumpf, auf dem er Platz nehmen konnte, und rief Jo Figatelli an.

Dieser zeigte sich von Sams Ortswahl sehr angetan. Er und Flo würden am späteren Vormittag von Calvi anrücken, um sich mit den Örtlichkeiten rund um das Wasserreservoir vertraut zu machen, und sich mit den Oblomovs in Verbindung setzen, denen sie einen Zeitpunkt für den Hinterhalt vorschlagen mussten. Jo bestätigte, dass sie »die erforderliche Ausrüstung« mitbringen würden, und erinnerte Sam daran, seine kugelsichere Weste aus der Mottenkiste zu holen; er würde sich am Nachmittag wieder melden, sobald er mit den Oblomovs gesprochen hatte.

Am anderen Ende der Leitung war ein Brummen zu vernehmen. Welcher der beiden Oblomovs war am Apparat? Jo beschlos, zu raten. »Sascha, Jo Figatelli hier, mit guten Neuigkeiten. Ich habe gerade einen Anruf von meiner Nichte in Speloncato erhalten. Sie hat zufällig ein Gespräch zwischen Reboul und Madame Lombard mitgehört; er wird heute Abend einen Spaziergang mit dem Hund unternehmen. Er wollte wissen, wo er am besten mit ihm Gassi geht, und sie empfahl ihm das Wasserreservoir ganz in der Nähe, ungefähr fünf Autominuten vom Dorf entfernt. Das klingt gut. Wir sind bereits unterwegs, um es uns anzuschauen. Ich melde mich wieder bei Ihnen. Was halten Sie von dem Zeitpunkt? Ist der heutige Abend in Ordnung für Sie?«

»Ja«, erwiderte Oblomov. »Haben Sie die … Ware … zurückerhalten?«

»Wird im Verlauf des Vormittags erledigt.«

»Gut«, sagte der Russe, und damit endete das Gespräch.

Jo blickte zu seinem Bruder hinüber, der am Steuer saß. »Das nächste Mal rufst du ihn an. Vielleicht ist er bei dir weniger geschwätzig.«

Sie parkten an der Stelle, die den Beginn des Fußwegs kennzeichnete, und marschierten zum Reservoir. »Alles gut und schön, aber wir müssen eine Möglichkeit finden, unseren Wagen zu verstecken. Sam geht nicht die ganze Strecke vom Dorf bis hierher mit dem Hund spazieren. Er fährt mit dem Auto und parkt es an der Abzweigung, und wenn unser Wagen bereits dort steht, riechen die Oblomovs Lunte und denken, dass wir sie verpfiffen haben. Es muss hier irgendwo eine Stelle geben, an der die Mechaniker parken, wenn die Wartung fällig ist.«

Sie marschierten geradeaus weiter, schauten in alle Richtungen und entdeckten hinter dem Hochbunker einen vorsintflutlichen Parkbereich, dessen rissiger Betonboden von Unkraut überwuchert war.

»Okay, das wird gehen«, sagte Jo. »Nun brauchen wir bloß noch ein Versteck für die Russen, das Sam finden kann.«

Sie erkannten rasch, dass sie die Qual der Wahl hatten. Zwischen den eng beisammenstehenden Baumgruppen befanden sich Lichtungen, rundum hüfthohes Gestrüpp und sogar ein paar schmale Trampelpfade, die von Jägern angelegt worden waren. Die Figatellis erkundeten einen, der vom Parkbereich abging, und gelangten nach etwa dreihundert Metern auf eine kleine Lichtung, die von dichtem Gebüsch umgeben war. Könnte nicht besser sein, stimmten beide überein. Auf dem Rückweg stolperte Joe über eine zerknüllte, achtlos weggeworfene Zigarettenpackung, die er am Ausgangspunkt des ausgewählten Pfades, als Wegweiser für Sam platzierte.

Jetzt mussten sie nichts mehr tun, als die Waffen abzuholen und Sam über das Zigarettenpäckchen zu informieren. Möglicherweise blieb sogar Zeit, um einen Happen zu Mittag zu essen, bevor sie die Oblomovs in ihrem Versteck unterbrachten.

Sam hatte das Gefühl, dass der Nachmittag mit quälender Langsamkeit verging. Nach ausführlichen Telefongesprächen mit Elena, Reboul und Jo Figatelli ließ er sich gern von Laura ablenken, die darauf bestand, ihm eine Lektion in puncto Gassi gehen zu erteilen. Alfred, der die Regeln seit Langem aus dem Effeff beherrschte, ließ die Lehrstunde eher mit fatalistischer Duldsamkeit als mit Freude über sich ergehen.

»Wenn Sie meinen Rat hören wollen, ich würde ihn an der Leine lassen, bis Sie in den Feldweg eingebogen und ein Stück weit gegangen sind. Sie wollen ja nicht, dass er sich losreißt, um Hasen zu jagen. Nehmen Sie ein paar Leckerlis mit, das lenkt ab. Er ist geradezu süchtig danach.« Sie drückte Sam ein halbes Dutzend knochenförmige Hundekekse in die Hand, die er in seine Tasche steckte. Der wachsame Alfred eilte unverzüglich herbei und begann, die Wölbung mit der Nase anzustupsen. »Da er jetzt weiß, dass sich die Wegzehrung in Ihrem Besitz befindet, wird er Sie nicht mehr aus den Augen lassen, dieser kleine Nimmersatt!«

Schließlich war die Zeit zum Aufbruch gekommen. Sam legte die kugelsichere Weste an, sie bestand zur Hälfte aus widerstandsfähigen Kunstfasern, Kevlar, so schien es ihm, zur anderen Hälfte aber aus Hartballistikplatten, die schwer waren. Darin unauffällig wie ein Zivilbürger zu gehen, schien ihm nicht ganz einfach. Es kostete ihn auch einige Verrenkungen, das innere Einstellband zu finden und die auf dem Brust- und Rückenbereich angebrachten Molleschlaufen zu greifen, mit denen er die Trage und Holstersysteme justieren konnte. Als er endlich das Gefühl hatte, das alles fest saß, ihm aber doch noch ein wenig Luft zum Atmen blieb, war er in Schweiß gebadet. Er wartete eine Weile, bis er sein Hemd anzog und Hut und Sonnenbrille aufsetzte. Als er in den Spiegel blickte, erschrak er, weil er plötzlich viel wuchtiger aussah, wie ein Boxer, der von einem Moment auf dem anderen zwei Gewichtsklassen höher einzuordnen war. Dummerweise fiel ihm ausgerechnet jetzt ein, was er kürzlich in einer amerikanischen Zeitung gelesen hatte: In Charlotte, im US-Bundesstaat South Carolina, hatte ein 26-jähriger Mann eine kugelsichere Weste angelegt und sich, um die Wirksamkeit des Schutzes zu testen, von zwei Freunden beschießen lassen. Eine 18-Jährige hatte jedoch die Weste verfehlt und dem Mann in die Brust geschossen. Er erlag wenige Tage nach dem Unglück seinen Verletzungen. Ein denkbar ungünstiges Testergebnis. Aber ich bin ja in Korsika, nicht in South Carolina, munterte Sam sich selbst auf.

Laura begleitete ihn zum Auto, sorgte dafür, dass Alfred auf dem Beifahrersitz Platz nahm und beugte sich durch das geöffnete Fenster, um Sam auf die Wange zu küssen. »Viel Glück, mein Lieber. Bei Ihrer Rückkehr habe ich den Champagner kaltgestellt.«

Als er aufwachte, sah er in dem Spiegel, wie Natascha sich beim Anziehen ihres BHs ausführlich im Spiegel betrachtete. Er genoss es, ihren aufreizend langsamen Bewegungen zuzusehen, während sie sich unbeobachtet wähnte, und fühlte die Erregung in seine Lenden zurückkehren, als das Smartphone läutete. Natascha drehte sich erschrocken um und sah Vronsky mit gespieltem Tadel an, da sie merkte, dass er sie heimlich beobachtet hatte. Er griff zum Smartphone und brauchte eine Weile, bis er die Nummer erkannte. Es war nicht Nikki, es war die von Sergej Kalinin. Der alte Studienkamerad schuldete ihm noch eine Auskunft.

»Hast du etwas herausbekommen?«

»Es war nicht einfach, du weißt ja, Stadtverwaltungen sind behäbige Einheiten, niemand fühlt sich für irgendwas zuständig. Aber um abzukürzen und zusammenzufassen: Es ist wohl so, dass im Falle eines Ablebens von Reboul der Besitz wieder an die Stadt zurückgehen würde.«

Für einen Moment verschlug es ihm die Sprache. Zum einen erschrak er, mit welcher Selbstverständlichkeit Sergej Kalinin erkannte und unterstellte, dass ein Ableben des Besitzers zur Disposition stand. Mit keinem Wort hatte Vronsky ihm gegenüber etwas in dieser Richtung verlauten lassen, ja, der Entschluss, Reboul zu beseitigen, war ja erst in ihm gereift, als Kalinin ihm scheinbar absichtslos von den Aktivitäten der Oblomovs erzählt hatte. Zum anderen ging ihm, Vronsky, sofort auf, dass sein Attentat völlig vergeblich sein konnte. Es war geradezu zum Lachen: Er würde Francis Reboul beseitigen, und die Folge war, dass das Palais du Pharo wieder von der Stadt als Kongresszentrum oder sonstwie genutzt werden würde.

»Reboul hat ja keine Erben, seine Frau war zum Zeitpunkt des Vertragsabschlusses schon verstorben, und deswegen hat der Anwalt, den er damals die Sache aushandeln ließ, auf diesen Punkt keinen besonderen Wert gelegt … Bist du noch am Apparat, Oleg?«

»Äh … ja, ja, natürlich … Hättest du das nicht etwas früher herausbekommen können«.

»Nun sei mal nicht so undankbar, Oleg. Du weißt, ich mache keine halben Sachen. Tatsächlich haben wir den Vertrag schon ein paar Tage, aber finde mal einen Rechtsverdreher, der ein solches Opus lesen, deuten und gleichzeitig mit gebotener Großzügigkeit darüber hinwegsehen kann, dass das Dokument auf nicht ganz legalem Wege beschafft worden ist. Sein Honorar macht übrigens den Großteil der Summe aus, die zu überweisen wäre.«

Kalinin nannte ihm noch Betrag und die Bankverbindung und verabschiedete sich dann.

»Schlechte Nachrichten, mein Schatz?«, fragte Natascha und schmiegte sich tröstungsbereit an seinen Oberkörper.

Aber Vronsky war für Zärtlichkeiten jetzt nicht zu haben. Er schob sie unwirsch zurück, sodass sie einen Schmollmund machte. »Ich muss jetzt überlegen«, zischte er. Er griff nach der Rotweinflasche auf dem Nachttisch, einem sündteuren Château Haut-Brion, Jahrgang 2006, mit einem ungewöhnlich hohen Anteil an Merlot, ausgewogen, aber kräftig, geradezu muskulös, wie er gelernt hatte, und schenkte sich ein Glas ein. Als er sah, wie sehr Natascha verstimmt war, bot er ihr auch ein Glas an, was sie nach einem Zögern in die Hand nahm. Oleg Vronsky wusste, dass er heute noch weitere Tröstungen von ihr brauchte. Und er wusste, was er zu tun hatte. Er hätte keinerlei Skrupel gehabt, diesen eingebildeten Reboul aus der Welt zu schaffen. Aber für nichts und wieder nichts sich einen Mord aufzuladen, was immer ein kleines Restrisiko für ihn selbst barg, trotz aller Alibis, das entsprach nicht seinem unternehmerischen Denken. Er griff sofort zum Smartphone und wählte Nikkis Nummer.

Besetzt.

»Zum Teufel. Hat sich denn alles gegen mich verschworen?«

Flo Figatelli erspähte von seinem Aussichtsposten in den Sträuchern neben der Landstraße Sams Wagen, der sich langsam der Abzweigung zum Wasserreservoir näherte. Er kehrte eilends zu seinem Bruder zurück.

»Er müsste jetzt den Fußweg erreicht haben«, erklärte er. »In fünf Minuten wird er hier sein.« Die Oblomovs nickten und brachten ihre Waffen in Anschlag. Für sie lief die Operation leichter als erwartet an. Sie hockten sich tief in das Gebüsch und vergewisserten sich, dass ihr Schussfeld nicht von dichtem Blattwerk blockiert wurde.

Inzwischen war Sam aus dem Wagen gestiegen und hatte seinen Spaziergang begonnen. Auf der Hälfte der Wegstrecke ließ er Alfred von der Leine. Der Hund durchstöberte das Buschwerk, tänzelte erfreut hin und her, weil er die Spuren unbekannter Gerüche entdeckte, kehrte aber alle nasenlang zurück, um sich zu vergewissern, dass ihm Sam und sein kostbarer Keksvorrat nicht abhandenkamen. Als sie das Wasserreservoir erreichten, fiel Sams Blick auf das Zigarettenpäckchen. Also bogen Herr und Hund in den Trampelpfad ein, wobei Alfred die Vorhut bildete.

Jetzt wurde es ernst. Sams Gedanken waren glasklar, sämtliche Sinne geschärft, die Augen auf Alfreds zotteligen Rumpf geheftet. Der Hund würde vermutlich als Erster irgendein Anzeichen registrieren, das die Anwesenheit menschlichen Lebens im Unterholz verriet. Plötzlich war da ein Knirschen unter seinem Fuß, Sam merkte, dass ihm das Herz bis zum Halse schlug und sein Mund staubtrocken war. Als er sich hinunterbeugte, entdeckte er ein kleines Häufchen leere Patronenhülsen, teilweise ins Erdreich gestampft. Ein paar Schritte weiter erspähte er eine leere Taschenflasche, die Pastis enthalten hatte. Offenbar Hinterlassenschaften von irgendwelchen Jägern. Er atmete erleichtert auf und hätte beinahe übe sich selbst gelacht. Ein Jagdausflug war offenbar harte Arbeit, bei der man einer Stärkung bedurfte. Er atmete tief durch, setzte gemeinsam mit Alfred die Wanderung fort, den Biegungen des Pfades folgend, bis sie in einer Entfernung von ungefähr fünfzig

Metern die Lichtung vor sich sahen. Sam spürte die Platten der kugelsicheren Weste schwerer als zuvor an seinem Körper und widerstand der Versuchung, daran herumzunesteln.

Plötzlich blieb Alfred wie angewurzelt stehen. Dann setzte er sich in Bewegung, pirschte sich mit gesenktem Kopf und lautlosen, steifbeinigen Schritten an die Lichtung heran, schien die Beute gewittert und aufs Korn genommen zu haben. Sam rief sich in Erinnerung, dass er wie ein Gassi gehender Hundebesitzer wirken musste und nicht wie ein Mann, der jeden Moment mit einem Anschlag rechnete. Er wappnete sich, aber er hatte weiche Knie und war auf alles gefasst, als sie das Ende des Pfades erreichten. Alfred blieb abermals stehen und richtete seine Aufmerksamkeit auf ein Gebüsch, das nur einen Steinwurf entfernt war.

Dort waren tatsächlich die Oblomovs verborgen. Igor und Sascha sahen sich einem Dilemma gegenüber. Sollten sie zuerst den Hund oder den Mann erschießen? Der ältere Oblomov deutete per Zeichensprache an, dass er für den Mann stimmte. Sie wurden schließlich dafür bezahlt, einen lästigen Zweibeiner zu erledigen; den Hund würden sie sich später vom Hals schaffen. Sie hoben die Waffen und zielten. Für einen Moment geriet Sascha ins Grübeln: So richtig wie auf den Bildern in den spärlichen Zeitungsartikel und im Internet sah dieser Reboul nicht aus. Was alleine nicht weiter erstaunlich wäre. Das Sonderbare indes war, dass dieser wirkliche Reboul wenige Schritte vor ihnen jünger aussah als der auf den Fotos. Normalerweise war es bei erfolgreichen Unternehmern doch genau umgekehrt, sie ließen sich aufwendig von Fotografen auf jung-dynamisch trimmen ... Doch er, Sascha, hatte, verdammt noch einmal, einen Auftrag zu erledigen, und nicht über Fragen des Alterns nachzudenken. So viel stand fest: Dieser Mann war auch der, den sie auf dem Flughafen durchs Fernrohr erblickt hatten, auch wenn er inzwischen ein paar Kilo zugelegt zu haben schien.

Die beiden Schüsse erfolgten unmittelbar nacheinander, in einem Bruchteil von Sekunden. Sam fiel zu Boden, mit dem Gesicht nach unten, während Alfred neben ihm winselte. Das Gebüsch teilte sich, und die Oblomovs traten heraus, beide mit schussbereiter Waffe, ohne zu bemerken, dass sich die Figatellis von hinten näherten, beide mit einem ›korsischen Überredungskünstler‹ in der Hand – so nannte man auf der Insel eine kurze, stumpfe Keule mit einem Kopf aus massivem Holz. Die Oblomovs, die nur Augen für die leblose Gestalt auf dem Boden hatten, die Francis Reboul sein musste, sahen die Schläge nicht kommen und gingen umgehend zu Boden. Kaum dass sie dort lagen, klingelte bei dem Älteren der beiden das Handy.

Gedankenschnell beugte sich Jo Figatelli hinunter, zog das Gerät aus dem Jackentasche des Bewusstlosen und drückte auf die Empfangstaste.

»Sascha?«

»Ja«, sagte Figatelli mit verstellter, tieferer Stimme.

»Das Unternehmen Reboul ist gecancelt. Ein Ableben des Sturkopfes würde nichts bringen. Kommt sofort zurück!«

»Okay«, sagte Figatelli nur.

»Gute Arbeit, Männer.« Sam setzte sich auf, rieb sich die Brust und versuchte, Alfred abzuwehren, der ihm das Gesicht ableckte. »Uff! Ich hätte nie gedacht, dass diese Rohlinge Knarren von einem solchen Kaliber mit sich herumschleppen. Zum Glück hatte ich meine Weste an. Also, dann bereiten wir die beiden mal auf das schmerzliche Erwachen vor.«

Die Oblomovs ließen kein Anzeichen erkennen, dass sie das Bewusstsein wiedererlangt hätten, als man sie herumrollte und die Hände hinterrücks mit Handschellen versah. Die Handys wurden ihnen abgenommen und die Waffen in Plastikbeuteln verstaut, mithilfe eines Taschentuchs, um keine Fingerabdrücke zu hinterlassen. Flo holte sein eigenes Handy heraus. »Ihr könnt jetzt kommen«, sagte er. »Sie müssten in ein paar Minuten aufwachen.«

Die Oblomovs waren noch benommen, aber bei Bewusstsein, als ein großer Peugeot mit abgedunkelten Fenstern auftauchte und vor ihnen hielt. Der Fahrer, ein hochgewachsener Mann mit der gebrochenen Nase eines Boxers, öffnete die Tür des Fonds, und Onkel Doumé stieg aus. Sam hätte ihn fast nicht erkannt. Die alte Arbeitskleidung, das einnehmende Lächeln und der Dreitagebart waren verschwunden. Der dunkle Anzug und die noch dunklere Sonnenbrille deuteten darauf hin, dass es sich um einen Mann handelte, der über Macht und Einfluss verfügte. Gemessenen Schrittes näherte er sich den Oblomovs und blickte auf sie herab, die Hände in die Hüften gestemmt. »Das sind also die gedungenen Mörder.« Er wandte den Kopf um. »Claude – mein Stuhl.«

Der Fahrer eilte zum Wagen und kehrte mit einem Regiesessel zurück, den er aufklappte und vor den Oblomovs aufstellte. Monsieur Doumé nahm Platz, förderte einen kurzen Stumpen aus seiner Tasche zutage, zündete ihn sorgfältig an und blies auf das Ende, um die Glut zu entfachen.

»Sie haben sich in eine schwierige und gefährliche Situation hineinmanövriert«, sagte er, an die Oblomovs gewandt. »Sie haben versucht, meinen hochgeschätzten Freund umzubringen.« Er deutete mit dem Stumpen in Sams Richtung. »Ein Unterfangen, das dieser Gentleman und seine Kollegen gerade noch verhindern konnten. Sie sind jetzt Augenzeugen und werden mit der größten Freude gegen Sie aussagen. Als unwiderlegbarer Beweis dienen Ihre Fingerabdrücke, die Sie überall auf den Waffen hinterlassen haben. Und darüber hinaus befinden Sie sich auf Korsika, wo ein solches Verhalten nicht geduldet wird, schon gar nicht von Ausländern.«

Er hielt inne und stieß einen Rauchkringel aus. »Wie bereits gesagt, eine prekäre Situation. Wie mir scheint, stehen uns nun mehrere Optionen zur Verfügung, eine unangenehmer als die andere. Erstens, wir könnten Sie erschießen und auf Notwehr plädieren.« Die Oblomovs ließen erste Anzeichen von Anspannung erkennen. »Zweitens, wir könnten Sie wegen des Mordversuchs vor Gericht bringen; den Vorsitz würde ein Freund von mir führen, ein Richter, und ich kann Ihnen versprechen, dass sein Urteilsspruch hart ausfallen wird – dreißig oder vierzig Jahre in einem korsischen Gefängnis. Und drittens, die vernünftigste Lösung: Sie kooperieren mit uns und erhalten zur Belohnung eine weit geringere Haftstrafe, die sie, sofern Sie es vorziehen, in Frankreich verbüßen dürfen. Noch Fragen?«

Die Oblomovs reagierten nicht.

»Gut. Dann überlasse ich Sie jetzt meinen Kollegen, die allerdings, wie ich Sie leider warnen muss, nicht für ihre Geduld bekannt sind. Auch Rücksichtnahme auf individuell unterschiedlich ausgeprägte Schmerzempfindlichkeit zählt nicht zu ihren Vorzügen.« Und damit erhob sich Onkel Doumé und kehrte zu seinem Wagen zurück. Claude faltete den Klappstuhl zusammen und folgte ihm.

Es überrascht wohl nicht, dass sich die Oblomovs nach einer sehr kurzen Beratung für die dritte Option entschieden. Jo Figatelli setzte sich mit einer seiner zahlreichen Kontaktpersonen im Polizeipräsidium von Calvi in Verbindung und sorgte dafür, dass die Russen von einem Gefangenentransporter abgeholt und in Handschellen zur Vernehmung gebracht wurden.

»Wir werden dort auf sie warten«, sagte Jo zu Sam. »Du hast für heute genug getan. Fahr nach Hause und genehmige dir einen Drink.«

Sam setzte sich in den Wagen, spendierte Alfred zur Feier des Tages einen Keks und rief Elena an. »Es ist alles nach Plan verlaufen. Die kugelsichere Weste stand mir gut, sie konnte den Aufprall des Geschosses zumindest dämpfen. Die Russen befinden sich auf dem Weg in eine öffentliche Verwahranstalt.«

Elena seufzte erleichtert auf. »Ist auch wirklich alles in Ordnung mit dir, mein Schatz? Du klingst so sonderbar.«

»Es juckt gerade fürchterlich an der Brust. Vermutlich eine leichte Allergie gegen diese Kunstfasern und schussfesten Panzerplatten, aber ansonsten geht es mir bestens. Ich fahre jetzt zu Laura zurück. Ich erzähle dir alles beim Abendessen.«

Ein weiterer abgrundtiefer Seufzer. »Sam, ich habe mir solche Sorgen gemacht!«

»Keine Bange. Die Allergie verschwindet meistens nach ein paar Tagen.«

Das Erste, was Sam nach seiner Rückkehr sah, war der große Peugeot, der vor dem Haus parkte. Das Zweite, was er bei näherem Hinsehen entdeckte, war das Begrüßungskomitee, bestehend aus Monsieur Doumé, Laura, Elena und Francis Reboul, das ihn an der offenen Eingangstür in Empfang nahm. Alfred sprang aus dem Wagen, Sam folgte ihm auf den Fersen. Er schloss Elena in die Arme, spürte ihre heißen Tränen auf seinen Wangen, und ihm war, als würde er schwanken. »Ich habe dich schrecklich vermisst, bei jedem Herzschlag und jedem Atemzug«, flüsterte sie leise. Reboul hieß ihn nach Männerart willkommen, klopfte ihm auf den Rücken, drückte seine Schulter, zerzauste ihm die Haare und schien selber den Tränen nahe. Ein parfumumnebelter Kuss von Laura, ein Brummen von Monsieur Doumé, dann setzte sich die Prozession in Marsch und ging ins Haus.

Rebouls Schritt wirkte beinahe beschwingt vor Erleichterung und Freude, während Elena Sams Hand so fest umklammert hielt, dass er sie um ein Haar gebeten hätte, damit aufzuhören, bevor sie abstarb. Laura und Doumé trugen mit beifälligem Nicken und Lächeln ebenfalls ihr Scherflein zur allgemeinen Atmosphäre des Frohsinns bei, die sich beim Anblick der Magnum-Champagnerflasche in ihrem überdimensionalen Eiskübel steigerte. Während sich Reboul ums Entkorken kümmerte, hielt Sam die Zeit für gekommen, einen Wermutstropfen in Form einer kleinen Dosis Realität beizusteuern.

»Ich sage es nur ungerne, aber wir sollten uns nicht zu früh freuen. Bislang ist das Spiel nicht gewonnen. Wir haben noch einiges zu tun, um Vronsky das Handwerk zu legen.«

20. KAPITEL

Bevor Sam näher auf diese letzte Sorge eingehen konnte, läutete sein Smartphone.

»Jo? Was ist passiert?« Sam presste das Gerät fester ans Ohr. »Im Ernst? Beide? Das ist ja fantastisch. Lasst sie ja nicht in die Nähe eines Telefons. Ich denke, jetzt können wir loslegen! Ich ruf dich später wieder an.« Er wollte schon den Apparat beiseitelegen, als er eine zweite Nachricht erhielt, die ihn sichtlich stutzen ließ.

Doch gleich darauf trat ein zufriedenes Lächeln auf sein Gesicht. »Gute Nachrichten! Als Gegenleistung für die in Aussicht gestellte Strafmilderung haben die Oblomovs beide ein Geständnis unterzeichnet, dass sie einen Auftragsmord für Vronsky übernommen haben. Das dürfte reichen, um ihn als Komplizen bei einem Mordversuch festzunageln, und damit haben wir ihn. Ich glaube, jetzt könnte ich einen Drink gebrauchen.«

Reboul schenkte ihm als Erstes ein, und Sam trank einen Schluck. Selten hatte ein Glas Rosé so intensiv geschmeckt.

»Ich habe ebenfalls eine Neuigkeit für euch, wenn auch nicht ganz so spektakulär«, ließ sich Reboul vernehmen. »Ihr kennt doch meinen Freund Hervé, oder? Er hat sich mit seinem Kollegen in Paris in Verbindung gesetzt und um Amtshilfe ersucht: Die Pariser *flics* stehen auf Abruf bereit, sich Vronsky zu schnappen, sobald der Befehl ergeht.«

»Je früher, desto besser«, erwiderte Sam. »Es bringt nichts, länger zu warten, und Vronsky wird nur nervös, wenn der Kontakt zu den Oblomovs plötzlich abreißt. Arbeitet Hervé um diese Zeit noch? Wäre es möglich, ihn sofort anzurufen?«

Fünf Minuten später war alles geregelt. Die Polizei würde Vronsky in Gewahrsam nehmen, sobald er das Hotel verließ, um sich zum Abendessen zu begeben. Er würde die Nacht in einer Pariser Zelle verbringen und am darauffolgenden Tag nach Marseille ausgeliefert werden, wo eine polizeiliche Vernehmung und später ein Gerichtsverfahren auf ihn warteten. Hervé hatte erklärt, ein Wort an der richtigen Stelle würde genügen, um Vronsky nach Französisch-Guayana zu verbannen, an die Küste Südamerikas, um dort seine Haftstrafe zu verbüßen. Laut Hervé ein höchst ungesunder Aufenthaltsort, denn in dieser ehemaligen Strafkolonie waren die Überlebenschancen gering.

»Immerhin ist die Gefangeneninsel dort durch den Film *Papillon,* der auf einem authentischen Roman, beruht, gleichsam veredelt worden«, sagte Elena. »Die Einzelhaftszenen waren von unvergesslicher Dichte. Vielleicht sollte man sie Vronsky zur Einstimmung vorspielen.«

Alle nickten anerkennend über diesen sachkundigen Beitrag.

»Was denkt ihr, meine Freunde«, schloss Reboul. »Können wir jetzt in aller Ruhe feiern? Denn ich hätte da einen Vorschlag: ein Mittagessen in Le Pharo mit allem Drum und Dran, vielleicht übermorgen, damit mein Küchenchef genügend Zeit für die Vorbereitungen hat. Ihr seid meine Gäste; ich werde für den Transport von Calvi nach Marseille sorgen. Wie klingt das? Natürlich nur, wenn ihr nichts Besseres vorhabt.« Er blickte in die strahlenden Gesichter von Laura, Doumé, Elena und Sam. »Und wir dürfen die Figatellis nicht vergessen.«

Am Morgen darauf gingen Elena, Sam und Reboul an Bord des Privatjets für den kurzen Rückflug nach Marseille. Reboul war immer noch in überschwänglicher Gemütsverfassung, und das umso mehr, als Hervé anrief, um ihm mitzuteilen, dass Vronsky wie geplant dingfest gemacht worden war und im Verlauf des Tages nach Marseille überstellt werden sollte. Offenbar hatte der Oligarch jedem, der bereit war, ihm Gehör zu schenken, massive juristische Schritte wegen der ungerechtfertigten Festnahme angedroht.

»Er kann protestieren, so viel er will«, sagte Reboul. »Er weiß ja noch nicht, dass zwei unterzeichnete Geständnisse vorliegen. Sam, ich wollte Sie vorher nicht damit behelligen – aber waren Sie absolut sicher, dass die Waffen mit Platzpatronen geladen waren?«

»Selbstverständlich«, erwiderte Sam. »Die Figatellis wussten, dass ich ihnen die Hölle heiß machen würde, wenn sie die Sache vermasselt hätten. Ganz im Ernst, die beiden waren einfach spitze. Sie haben die Magazine höchstpersönlich befüllt und dafür gesorgt, dass die Oblomovs die Waffen erst in letzter Minute in die Hände bekamen. Ich musste mir keine Sorgen um meine Sicherheit machen.«

Eine halbe Stunde später saßen sie im Wagen, der sie ins Le Pharo zurückbrachte. Reboul begab sich umgehend in die Küche zu einer Konferenz mit Alphonse, um die Speisenfolge für das Festmahl zu planen. Elena und Sam zogen sich auf ihr Zimmer zurück und saßen dicht nebeneinander auf dem Bett.

»Ich kann nach wie vor nicht glauben, dass alles vorbei ist«, gestand Elena. Sie beugte sich zu Sam hinüber und küsste ihn auf die Nasenspitze. »Wie wär's, wenn wir jetzt unseren Urlaub fortsetzen?«

»Was genau schwebt dir vor?«

»Nur das Übliche. Du weißt schon, Liebe am Nachmittag, Abendessen unter dem Sternenhimmel, so in der Art, Vertiefung der nachmittäglichen Zweisamkeit. Vielleicht könnten wir uns dazwischen noch ein paar Wohnungen anschauen, die *calanques* erkunden, uns mit Mimi und Philippe treffen …«

»Alles, was du willst, mein Herz, solange ich keine kugelsichere Weste tragen muss. Was ist übrigens aus dem guten Stück geworden?«

»Zum Ersten solltest gerade du in deiner Position wissen, dass man dieses militärische Bekleidungsstück unter Fachleuten beschusshemmende Weste nennt. Von kugelsicheren Westen sprechen nur Laien ohne Praxiserfahrung. Sie soll ja das Durchdringen eines Geschosses verhindern. Das geschieht übrigens zweitens, indem die kinetische Energie dabei aufgenommen und auf eine möglichst große Fläche verteilt wird. War dir das überhaupt bewusst?«

»Wenn ich ehrlich bin, zu keinem Zeitpunkt meines Einsatzes.«

»Die Idee ist, dass das Geschoss im Westenkörper verbleibt, der sich dadurch jedoch verformt. Der Impuls des

Geschosses wird an den Oberkörper in der Schutzweste weitergeleitet und führt in der Regel zu einem stumpfen Trauma.«

»Dann habe ich also gar keine Allergie, sondern ein stumpfes Trauma«, sagte Sam voller Erleichterung. »Das klingt erheblich bedeutsamer und wäre auch auf einer Abendgesellschaft beim Smalltalk viel besser kommunizierbar. Ich fühle mich eindeutig zum stumpfen Trauma hingezogen.«

»Da das Geschoss in deinem besonderen Fall aus einer Platzpatrone bestand, hat es den weiten Weg zur dir nicht geschafft. Wir fanden keinerlei Spuren oder Verformungen in der beschusshemmenden Weste. Da wir jedoch spätestens in drei Wochen wieder in die Rechtsstaatlichkeit Amerikas zurückkehren, brauchen wir das Modell nicht mehr. Laura hat damit Alfreds Korb ausgepolstert. Damit ihn der Geruch an dich erinnert, meinte sie.«

»Das ist zweifellos eines der ungewöhnlichsten Kompliment, die ich je für meine Köperpflege erhalten habe«, meinte Sam.

»In jedem Fall gibt es inzwischen Westen mit hautfreundlichem Material, aus sogenanntem Akwadyne®. Das neuartige Material reguliert die Körpertemperatur des Trägers – kühlt bei hoher und wärmt bei niedriger Außentemperatur. Wenn es kühler wird, passt sich das Material an und speichert Wärme, gleichzeitig kann Feuchtigkeit entweichen. Bei sommerlichen Temperaturen fördert das Material den Transport von Feuchtigkeit und Körperwärme. Ein deutlich wahrnehmbarer Kühleffekt wird vom Hersteller garantiert. Eine solche Weste werden wir für dich in Amerika kaufen, bevor wir das nächste Mal nach Marseille kommen.«

»Die Ausführlichkeit deiner Recherchen nötigt mir größten Respekt ab …«

»Du magst daran ersehen, wie sehr ich mich in der Zeit ohne dich gelangweilt habe. Ich dachte, bevor ich der Versuchung nachgebe, vor Ort empirisch, anhand Einzelfallstudien – etwa beim überaus freundlichen und virilen Hotelmanager – zu recherchieren, was an dem klassisch ausgeprägten maskulinen Gehabe der korsischen Machos dran sein könnte, lenke ich meine Recherchen lieber auf ein eher unverfängliches Sachgebiet.«

»Das weiß ich sehr zu schätzen, Elena, ich bin sicher, die nächsten Tage und Nächte werden sich so gestalten, dass du deine Standfestigkeit nicht bereuen wirst.«

»Die Zeit ist überaus günstig, mein Schatz. Sofern meine Messungen und Berechnungen stimmen, können wir ab heute auf ballistischen Unterleibsschutz ganz unbekümmert verzichten …«

Eine Stunde später kamen sie mit erhitzten Gesichtern auf die Terrasse. Sie legten sich händchenhaltend an den Pool und streckten sich in der Sonne aus, schauten in den blauen Himmel und hatten das Gefühl zu schweben.

In diesem Augenblick erschien Francis Reboul am Pool. Er hielt ein Blatt Papier umklammert und strahlte. *»Voilà«*, sagte er und schwenkte die Din-A-4-Seite. »Alphonse und ich haben uns auf das Menü für morgen geeinigt, und ich kann euch versichern, das wird eine *tour de force*. Ich will ihm den Spaß nicht verderben und euch die Einzelheiten verraten – das möchte er selbst übernehmen –, aber ich garantiere euch, dass es ein denkwürdiges Festmahl wird, ein Bankett erster Güte. Und jetzt muss ich in den Keller, die Weine auswählen.« Er hielt inne und stieß einen langen, bühnenreifen Seufzer aus. »Hier kommt man offenbar nie zur Ruhe.«

Sophie Pichon spürte eine eigentümliche Aufregung, als sie auf die Place de Lenche trat und das Café erblickte. Sie zögerte und blieb stehen. Sollte sie nicht besser zurückgehen? Was, wenn der Mann wirklich da drinnen saß? Wollte sie sich ernstlich mit so einem einlassen: in ihrer Situation, mit zwei Kindern, die ihr oft über den Kopf wuchsen? Es war schon verrückt genug gewesen, was sie in letzter Zeit hatte tun müssen, allein diese Nacht im Keller der Stadtverwaltung. Sie ging ein paar Schritte weiter, blickte auf das Gemälde, das ein Straßenkünstler mit Kreide auf die Steine malte: eine Landschaft mit einem Abgrund, der so tief und realistisch war, dass ihr schauderte.

Als sie das *Chez Felix* betrat, wusste sie nicht, wovor sie mehr Angst haben sollte – davor, dass er da wäre, oder davor, dass er nicht da wäre. Sie sah nur den roten Schriftzug *L'Equipe,* die Sportzeitung, hinter der sich ein Mann verbarg, wie ein Blick auf die Schuhe und die Hose mit Bügelfalte verriet. Lächelnd nahm sie an dem Tisch gegenüber Platz. Heute fühlte sie sich in all ihrer Ungewissheit und Aufregung dennoch jung und attraktiv. Sie fuhr sich schnell mit der Hand durch ihr dunkelblondes Haar. Als sie die Fingerkuppen sah, die das Zeitungspapier umfassten, stutzte sie: Da waren keine gelben Nikotinspuren zu sehen. Sie merkte, wie ein Gefühl der Enttäuschung alle Wärme aus ihrem Körper trieb, und seufzte unwillkürlich. Der Mann ließ die Zeitung sinken und schaute irritiert zu der Frau hinüber, die so laut geächzt hatte. Sophie Pichon sah einen dichten Schnauzbart, packte die Handtasche und eilte hinaus, bevor der Kellner, der lächelnd auf ihren Tisch zugetreten war, eine Bestellung aufnehmen konnte.

Die Gruppe, die sich am nächsten Morgen den Weg über die Treppe in Rebouls Privatjet bahnte, bot ein interessantes Kontrastprogramm, was den Kleidungsstil betraf. Laura, elegant in grauer Seide; Onkel Doumé in geblümtem Hemd und weißer Schlabberhose; die Gebrüder Figatelli in Jeans und ihren schwarzen Lieblings-T-Shirts mit einem Sinnspruch in goldenen Buchstaben, der besagte: Was in Vegas geschieht, bleibt in Vegas. Ein beruhigendes Versprechen.

Der kurze Flug nach Marseille bot Laura die Gelegenheit, sich mit den Figatellis bekannt zu machen, denen sie nie zuvor begegnet war. Allem Anschein nach gefiel ihr, was sie sah, denn sie flirtete hemmungslos. Die zwei flirteten auf Teufel komm raus zurück, und zwar ziemlich mädchenhaftkokett mit viel Wimpernklimpern. Monsieur Doumé war im Cockpit mit einem Einführungskurs in die hohe Kunst der Fliegerei beschäftigt, den ihm der Pilot erteilte, und bei der Landung waren alle Passagiere bester Laune.

Le Pharo war gerüstet, ihnen einen unvergesslichen Empfang zu bereiten. Reboul hatte, dank der Stilberatung von Elena, eine Ecke der Terrasse in ein schattiges Eldorado verwandelt mit riesigen Schirmen, die den Sitzbereich und die lange Festtafel vor der Sonne schützten. Alles war in Weiß gehalten – die Sonnenschirme, die Loungesessel und Couchen, die Tischdecke und die Servietten, ja selbst die Rosen, die aus den riesigen Terrakotta-Pflanzgefäßen quollen. Auch Elenas und Rebouls Garderobe war darauf abgestimmt – beide erschienen ganz in Weiß.

»Bravo, Francis, bravo.« Laura tätschelte Rebouls Wange. »Ein wunderbares Ambiente, genau wie in diesem Schöner-Wohnen-Magazin – wie heißt es gleich wieder –, ach ja, *Côté Sud.* Wie wäre es, wenn mir jetzt jemand etwas von dem hervorragenden Champagner anbieten würde, den ich auf dem Tisch entdeckt habe? Ich glaube, ich könnte nicht widerstehen.«

Reboul hatte Claudine, seiner Haushälterin, und Nanou, dem Hausmädchen aus Martinique aufgetragen, sich um das Wohl der Gäste zu kümmern, und als er sah, dass jeder ein Glas in der Hand hielt, stand er auf, um die Tafelrunde mit einer kurzen Rede willkommen zu heißen.

»Als Erstes möchte ich sagen, wie sehr ich eure Hilfe zu schätzen weiß. Niemand könnte sich bessere Freunde wünschen, und ich werde niemals vergessen, was ihr für mich getan habt. Es ist mir eine Freude, diese gemeinsame Mahlzeit zum Anlass zu nehmen, euch offiziell zu danken, und gleichzeitig möchte ich euch eines versichern: Falls einer von euch jemals Beistand braucht, gleich in welcher Form, zögert bitte nicht, euch an mich zu wenden; ich werde alles tun, was in meiner Macht steht, um zu helfen.« Er hielt inne, überwältigt von seinen Gefühlen, und holte tief Luft, bevor er fortfuhr. »Doch damit genug für heute; lasst uns essen, trinken und den Tag aus vollem Herzen genießen. Nie wurde ein Festgelage härter verdient. Und um euch darauf vorzubereiten, was euch im Einzelnen erwartet, ist es nun an der Zeit, Alphonse zu begrüßen, Herrscher des Küchenreichs von Le Pharo und Schöpfer der heutigen kulinarischen Genüsse.«

Der Küchenchef, der vor der Küchentür auf sein Stichwort gewartet hatte, trat vor, lächelte und nickte den Gästen zu. Zu diesen waren mittlerweile noch der Journalist Philippe Davin und seine rothaarige Verlobte Mimi gestoßen, die Reboul in letzte Minute eingeladen hatte.

Sowohl Sam als auch Jo und Flo Figatelli brüteten den ganzen Abend insgeheim über der Frage, wann sie am besten dem Hausherrn und großzügigen Gastgeber die verwirrende Mitteilung machen sollten, dass eigentlich die ganze Aufregung umsonst gewesen war. Vrosnky hatte in letzter Minute den Mord absagen wollen, allerdings waren die Schüsse schon gefallen, als die Oblomovs der Anruf des russischen Oligarchen ereilte. Die korsischen Brüder und Sam warfen sich immer wieder fragende Blicke zu, aber schließlich kamen sie stillschweigend überein, dass keiner von ihnen die Rolle des Spielverderbers übernehmen sollte. Auch war sich Sam nicht sicher, ob Elena nicht durch die Entlarvung der Überflüssigkeit dieses Abenteuers ihrem neu erwachten Liebesrausch und von ihren jetzt erst richtig beginnenden Urlaubsfeuden abgelenkt würde. Irgendwann erfuhren sie ohnehin alle davon, denn bestimmt versuchte Vronsky vor Gericht diesen Anruf als Beweis seiner späten Einsicht und vorgeblichen Reue ausschlachten. So lange mochten doch alle in einem Naturzustand der Unschuld verharren, wie er voraufklärerischen Zeiten oft zu eigen ist. Las man nicht gegenwärtig immer wieder in geschliffen formulierten Zeitungsartikeln, dass zu viel Wissen schade, dass Romantik Geheimnisse brauche und dass die Bestimmung des Menschen schlechterdings nicht darin bestehen könne, sich von einem Übermaß an Informationen erdrücken und in seiner

Tatkraft hemmen zu lassen? Die Diskussion mit Elena über diese Frage versprach reizvoll, wenngleich nicht ganz einfach zu werden, da schließlich »maximale Ehrlichkeit« eines ihrer Prinzipien war, und es konnte nur von Vorteil sein, wenn er, Sam, sich darauf gründlich vorbereitete. Ein gewisser zeitlicher und lokaler Abstand zu den Vorkommnissen würde auch verhindern, dass die Diskussion eine künstliche Brisanz gewinnen konnte, womit niemandem gedient wäre.

Alphonse war es gelungen, wie Elena später anmerkte, den Glauben an die klassischen französischen Spitzenköche wiederherzustellen – in herkömmlicher Manier rundlich, heiter und angetan mit einer langen, schweren weißen Schürze statt der verspielten weißen Kochjacke mit Monogramm, die sich bei den Showbusiness-Köchen so großer Beliebtheit erfreute. Er trat auf die Terrasse hinaus, wurde begrüßt mit einem herzlichen Applaus, nahm neben Reboul Aufstellung und räusperte sich.

»Ich habe eine einfache Mahlzeit für Sie zusammengestellt, wie Sie gleich sehen werden, mit der einen oder anderen korsischen Note zu Ehren unserer korsischen Freunde.« Er bedachte die Figatellis und Monsieur Doumé mit einem strahlenden Lächeln und Nicken. »Den Auftakt bilden *coquilles Saint-Jacques,* um den Gaumen aufzuwecken – nur drei pro Person, in der Pfanne gedünstet und mit Schnittlauch garniert, begleitet von einem *ragoût* aus jungen Erbsen und Saubohnen, mit Olivenöl beträufelt und einem Hauch Camargue-Salz gewürzt.«

Er stärkte sich mit einem Schluck Champagner aus dem Glas, das Reboul ihm gereicht hatte, bevor er zum nächsten

Gang überleitete. »Wir bleiben bei den Heiligen, und da sich der Appetit nun auf dem *qui vive* befindet, werde ich Ihnen ein *filet de Saint-Pierre* mit Spargelspitzen und einer Zitronenemulsion kredenzen, *naturellement* aus den allerbesten korsischen Zitronen hergestellt.« Ein weiteres Nicken und Strahlen in Richtung der Figatellis.

»Es folgt eine butterzart geschmorte korsische Kalbslende an einem *jus* mit Bohnenkrautinfusion, dazu ein *fricassée* aus neuen Kartoffeln und Karotten. Das wird Sie in die richtige Stimmung für eine handverlesene Auswahl an Ziegenkäse versetzen, wobei ich gestehen muss, ich kann Ihnen nicht versprechen, dass alle Ziegen, die ihr Scherflein dazu beigetragen haben, aus Korsika stammen. Dennoch bin ich sicher, dass Ihnen der Käse munden wird. Es handelt sich um drei verschiedene Sorten: einer ist cremig weich, ein anderer hart und würzig und den *cendré* bedeckt eine feine Aschestaubschicht. Die Kombination ist subtil und köstlich.«

Er blickte zu Laura hinüber und verbeugte sich. »Was den letzten Gang betrifft, stehe ich in der Schuld von Madame Lombard, die mir das Rezept für ihre unübertreffliche Schokoladentorte verraten hat, eine Köstlichkeit sondergleichen, reichhaltig und dunkel. Ich habe lediglich ein paar Frühkirschen hinzugefügt – entkernt und in korsischem *myrte* leicht erwärmt, bis der Saft austritt – und die Komposition dann mit einer üppigen Portion Schlagsahne abgerundet.« Er warf einen Blick in die Runde, bedachte seine Zuhörer mit einem Lächeln und erteilte den traditionellen Küchenchefsegen: *»Alors, bon appétit!«* Der Beifall folgte ihm, als er den Rückweg in die Küche antrat. Claudine, die Haushälterin, begann die Gäste zu bewirten, unterstützt von Nanou, die ein T-Shirt trug, das ein kleines Stück von ihrem Bauch frei ließ, was vor allem die Blicke der Figatellis anzog.

Elena sah Sam kopfschüttelnd an. »Wenn das eine einfache Mahlzeit sein soll, bin ich Paul Bocuse. Mach dich schon einmal mit dem Gedanken vertraut, dass du mich vom Tisch wegtragen musst.«

»Gerne, meine Liebe, ich habe bereits sehr konkrete Vorstellungen von dem Zielort, an den ich dich auf liebenden Händen tragen werde.«

Reboul, der neben ihm stand, gab vor, entsetzt zu sein. »Nein, nein, nein! Ich weiß, die Liste der Gerichte ist lang, doch die Portionen sind bescheiden, kaum mehr als eine Abfolge mundgerechter Häppchen, klein, aber fein. Nach dem Essen werdet ihr durchaus imstande sein, vom Tisch aufzustehen und eine Runde durch den Alten Hafen zu drehen.« Er neigte den Kopf zur Seite und zwinkerte ihnen zu. »Oder vielleicht eine Siesta einzulegen.«

»Eine hervorragende Idee«, meinte Elena.

Ein gutes Essen, gleich wo auf der Welt, ist ein Vergnügen – ein gutes Essen allerdings mit Freunden an einem strahlenden Sommertag unter freiem Himmel ist ein Geschenk der Götter. Allem scheint ein zusätzlicher Zauber innezuwohnen. Der Wein schmeckt besser, die Scherze sind spritziger, die Komplimente feinsinniger, die Mahlzeiten ein Gedicht. Und so empfand es die Tafelrunde an diesem Tag in Le Pharo. Die kulinarische Reise von den *coquilles Saint-Jacques* bis zu Lauras Schokotraum dauerte drei Stunden mit Stegreifreden zwischen den einzelnen Gängen – Intermezzi, die sich überwiegend als Einladungen in großem Stil entpuppten. Sam und Elena forderten die Weggefährten auf, nach Los Angeles zu kommen. Die Figatellis luden alle nach Calvi ein. Laura überließ ihnen die Wahl zwischen Paris und Gstaad, und Onkel Doumé schlug einen Besuch in Patrimonio vor, wo seine Familie ein Weingut besaß und der Wein in Strömen floss: selbst aus den Wasserhähnen im Bad, wie er sagte.

Reboul hatte sich gerade erhoben, um sein Scherflein zur Unterhaltung beizutragen, als das Telefon läutete. Er stand an der Stirnseite des Tisches, lauschte aufmerksam und lächelte, bevor er plötzlich in schallendes Gelächter ausbrach. Kopfschüttelnd beendete er das Gespräch. »Meine lieben Freunde, ich kann euch einen einzigartigen Anblick versprechen. Mir nach.« Er führte die Gruppe zum Rand der Terrasse, nahm einen Feldstecher von einem Beistelltisch und spähte aufs Meer hinaus. »Der Anruf kam von Hervé«, sagte er. »Sie müssten jeden Moment erscheinen.«

Eine Minute verging, dann zwei, doch dann tauchte er schließlich auf, der Konvoi, umrundete die Landzunge in wenigen hundert Metern Entfernung, eine dunkelblaue Polizeibarkasse als Vorhut. Sie glich einem Zwerg, der einen Riesen im Schlepptau hatte – die *Caspian Queen,* die russische Flagge auf Halbmast. Der Feldstecher wurde herumgereicht, damit alle die Gestalten in der Uniform der *Police Nationale* sehen konnten, die auf dem Hauptdeck hin und her eilten.

»Da schwimmt meine Biografie davon?«, sagte Philippe leicht melancholisch.

»Hatten Sie ernsthaft vor, über Oleg Vronsky ein ganzes Buch zu schreiben?«, fragte Reboul.

»Nun ja, diese Idee, ihn als eine Art russischen Richard Branson darzustellen, hatte so eine gewisse Eigendynamik.«

»Wie bitte«, sagte Reboul irritiert, ja, geradezu empört, »Haben Sie mich nicht schon einmal in einem Artikel mit diesem Briten verglichen?«

Philippe kratzte sich verlegen an der Stirn, öffnete den Mund, als wollte er zu einer Erwiderung ansetzen, die aber dann doch nicht erfolgte.

»Ich sage es ja immer: Vereinfachungen, ein gewisser Hang zu Stereotypen gehören zum Tagesgeschäft des Journalismus«, meinte Elena, das betretene Schweigen ringsum brechend, »zumal in diesen krisenhaften Zeiten, nicht wahr? Man sollte da nichts persönlich nehmen.«

»Außerdem hat Philippe vielleicht schon Ersatz gefunden«, meinte Mimi, seine Verlobte, die sich an ihn geschmiegt hatte. »Erzähl deinen Freunden mal von diesem Anruf.«

Philippe lächelte und machte eine Handbewegung, die etwas Ungewöhnliches, auch Ungewisses, ankündigte. »Vielleicht ist es ja nur eine Spinnerin, aber sie klang irgendwie seriös und glaubwürdig. Eine Frau, die in der Stadtverwaltung arbeitet. Sie ist erpresst worden, einen alten Vertrag herauszurücken, indem man ihr drohte, ihren Kindern ein Leid anzutun. Sie musste sich eine ganze Nacht im Archiv der Stadt einschließen lassen, um an das Dokument heranzukommen und somit ihre Kinder zu retten. Es muss um einen alten Kaufvertrag zwischen Stadt und einem bekannten Unternehmer gehen. Ich treffe sie morgen, vielleicht ist da ja wirklich eine hübsche Story mit *human touch* drin. Natürlich wird sie unter einem Pseudonym erzählen.«

Sam erblasste, und der Mund stand ihm vor Schreck offen. Auch Reboul stutzte für einen Moment, aber er schien felsenfest entschlossen zu sein, sich diesen Abend durch nichts verderben zu lassen. Nicht einmal die Rotorblätter eines Helikopters über dem Anwesen hätten ihn in seiner Feierlaune beirren können. »Schauen wir auf die *Caspian Queen* da unten. Sie befindet sich auf dem Weg zum Hafen. Dort wird die Yacht eine Weile vor Anker liegen müssen, wie Hervé meinte – der Eigner ist damit beschäftigt, der Polizei bei den Ermittlungen zu helfen. Ich schätze also, dass wir diesen schwimmenden Aushilfspalast in Zukunft nicht mehr zu Gesicht bekommen werden.«

»Darauf würde ich gern einen trinken«, sagte Sam, der immer noch blass um die Nase aussah. »Will noch jemand einen Champagner?«